ライモンド・
チガータ
レナートの側近。できる男ゆえに
マリーアの自由奔放さに振り回される。

レナート・ディ・
ルビーニ
ルビーニ王国の第一王子。
初対面でマリーアに婚約破棄を
言い渡すが…。
マリーア・
アンノヴァッツィ
ムーロ王国の公爵令嬢。
婚約者探しに励んでいたところ、
婚約破棄騒動に巻き込まれ!?

アイーダ・
アメーティス
マリーアの遠縁の公爵令嬢。
レナートの婚約者だったが…。
プラチド・ディ・
ルビーニ
レナートの弟。第二王子。
マリーアのすべてが笑いのツボ。

Illustration／三登いつき

逃がした魚は大きかったが釣りあげた魚が大きすぎた件

ももよ万葉
Illustration：三登いつき

The fish I missed was big,
but I caught another fish was too big.

CONTENTS

逃がした魚は大きかったが釣りあげた魚が大きすぎた件

「アイーダ・アメーティス嬢、貴女《あなた》との婚約を破棄させてもらう」

王立学園での卒業パーティ。ホールでは優雅なワルツが流れ、色とりどりのドレスが花のようにくるくると舞っている。

微《かす》かにそのワルツの聞こえる中庭では、夜風で涼む者、ライトアップされた噴水で語らう者たち、そして愛を囁《ささや》く恋人たちが、よく通る声に一様に顔を強張《こわば》らせその成り行きに注目している。

声の主はルビーニ王国の第一王子レナートだ。

レナートはプラチナブロンドの髪に澄んだ空色の瞳をした、王族らしい美形の王子である。身分に甘んじることなく常に自分を律し努力を怠らない性格で、誰に対しても平等に丁寧に接するため、非常に人気のある人物である。しかしながら、あまり笑顔を見せることはなく、たいていが眉間に軽くしわを寄せた厳しい表情をしている。

その彼が、あろうことか衆人環視の中で婚約破棄をした。

レナートの横では信じられない、という顔をした弟の第二王子プラチド。その反対側には動揺しておろおろした様子のカシャーリ男爵令嬢のエレオノラ。この状況に唖然《あぜん》としている、レナートの婚約者であるアメーティス公爵令嬢アイーダ。

そして、アイーダの隣でレナートに腕を摑《つか》まれじっと睨《にら》まれている、私、マリーア・アンノヴァ

ツツィ。

なぜ。

なぜ、第一王子はアイーダとの婚約破棄を私に宣言しているのだ。

「兄上、一体、これは……どういうことですか」

一番先に口を開いたのは、レナートと同じ金髪に、碧色《あおいろ》の瞳のプラチドだった。それをきっかけに、その場にいる全員が驚きから戸惑った表情に変わる。

「アイーダ嬢、これ以上エレオノラ嬢への無礼な所業を見逃すわけにはいかない。彼女へ行った数々の嫌がらせ、暴力行為への謝罪を要求し、謹慎を命ずる」

レナートは目を逸《そ》らすことなく、真剣な瞳で私にそう言った。腕を掴む指に力がこめられ、少しだけ痛い。

「兄上、落ち着いてください。一体誰に何を言っているのです」

がんばれ、第二王子。こいつの目を覚まさせろ。

「プラチド、お前は騙《だま》されている。この女は私とエレオノラ嬢との仲に嫉妬し、彼女に陰で嫌がらせを続け、人前でわざと叱責し、階段から突き落とし怪我まで負わせたのだ。私は身分を笠に人を貶《おとし》めるような者は決して許すことができない」

レナートは非常に落ち着いた声で、しかし、怒りの籠った口調ですらすらとそう述べた。掴んでいた私の腕をぐいとひっぱり、至近距離できつく睨まれる。

そもそもアイーダではない私は、眼前に迫る美形の迫力に瞬《まばた》きを忘れて見入っていた。これからこの先、この近さでこのご尊顔を拝めることはないだろうからしっかり見ておこうと思った。

「自らの悪事を暴かれて何も言えないか、アイーダ嬢」

レナートが目を細め口の端を上げる。おお……これはこの距離では目の毒だ……。そっと目を逸らすと、レナートの背後で彼の側近の青年が戸惑っているのが見えた。きっとアイーダの悪事の証拠が記されているのであろう書類を手にしている。

ここでバーンと証拠をつきつけて断罪する予定だったのだろうに。どうするつもりなの、自分の身内を困らせて。

アイーダも目を見開いて言葉を失っているし、エレオノラもピンクブロンドの頭を抱えておろおろしている。周りからは「どういうこと」「何が起きているの」とひそひそと声が上がっているが、誰もこの状況を呑《の》みこめずに戸惑ったままだ。

レナートは厳しい目つきのまま相変わらず私を見つめている。仕方がない。私はきっとレナートを睨み返し、腕を振りほどいた。

「レナート殿下！　しっかりしてくださいませ。あなたご自分が何をなさっているのかおわかりなのですか」

「当然だ。私はこの国の王子として、貴女の悪事を見過ごすことはできない」

「いいえ殿下、あなたは何もわかっていないわ。あなたが今、真っ先にすべきことは……」

私はレナートの両肩をがしっと摑んで言った。

「眼鏡を買うことです!!」

「!?」

その場にいた全員が、揃《そろ》って大きく頷《うなず》いた。


私、マリーア・アンノヴァッツィはルビーニ王国の隣にちょこんとくっついている小国、ムーロ王国の公爵令嬢だ。五人姉妹の末っ子で、アンノヴァッツィ公爵家のある特性を一番受け継いでいる私が公爵家を継ぐ予定だった。家督を継ぐため子供の頃から厳しく教育されて育った。しかし、今から三年前の十五歳の時、弟が生まれた。念願の男児が生まれ、あれよあれよという間に跡継ぎの座は弟に奪われ、国内の目ぼしい貴族子息は姉たちの婚約者となっており、公爵家跡継ぎの教育しか受けていない気品に劣る私は完全に売れ残ってしまっていた。

そこで、遠縁であるが同じ年で仲の良かったアイーダを頼って、このルビーニ王国に留学することにしたのだ。美しく優しく人望のあるアイーダの周りにいる優良物件を見繕ってもらって、私を嫁にもらってもらおうという作戦である。留学して二ヶ月。勉強に励み、学内のイベントにもなるべく参加し、ミミと愛称で呼んでくれる友達もたくさんできた。そろそろ目標を達成できそうな手ごたえを感じ始めた頃、私はあの婚約破棄騒動に巻き込まれてしまったのだ。

アイーダのひとつ年上の婚約者であるレナートは、この卒業をもって立太子される予定だった。

しかし、あの騒動を起こしたせいで保留となっているらしい。

あの後、私たちは王城の一室に場所を移した。人目がなくなってから、私はレナートにやっと自己紹介した。アイーダは私の隣にいる美女だと知った時の愕然《がくぜん》としたレナートの表情が忘れられない。人が膝からくずおれるのを初めて見た。

確かに私はアイーダと同じライトゴールドの髪で親戚だからか何となく背格好も似ている。しかし、アイーダは青い瞳で私は菫色《すみれいろ》の瞳だ。彼女のような気品も落ち着きもないし、淑やかな雰囲気もない。

レナートがここまでアイーダに興味がなかったことに、全員が驚いていた。むしろドン引きだった。

二人の婚約が決まったのは今から二年前。この間、レナートはありとあらゆる手を使ってアイーダを避け、お茶会をすっぽかし、パーティのエスコートは全て弟のプラチドに任せ、決してアイーダを視界に入れることはしなかった。愛想はないけれど、品行方正なレナートが彼女に対してだけこのようなあからさまに不躾《ぶしつけ》な態度を取ることを皆訝《みないぶか》しんでいたところだった。

床に膝をつくほどショックを受けたレナートは、しばらくした後立ち上がり、「謝罪は後日……」と言い残し側近を連れて部屋を出て行った。彼の代わりに弟のプラチドが平身低頭アイーダと私に謝罪し、その場は解散となった。

「レナート殿下は、最初から私との婚約を拒絶していたの。でも、父が強引に進めてしまって……。

だから、いつかこうなるとは思っていたの。気にしないで」

帰りの馬車の中で、アイーダは寂し気な笑顔でそう言った。こんな状況でも、泣いたりわめいたりせず、冷静でいられる彼女がとても悲しかった。

「でも、あんな場でする話じゃないわ」

他に結婚したい相手ができたからと言って、あのような人前でする話ではない。アイーダはこの国一番の、皆が憧れる淑女なのに。私はやり場のない怒りを持て余して、自分の膝をぽかぽかと叩《たた》きながら言った。

「そもそも、アイーダはあの子に嫌がらせなんてしていないじゃない。少なくともこの二ヶ月はずっと私が一緒にいたんだから、そんなことできるはずがない」

そうなのだ。アイーダは美しく賢いので、そんないじめみたいなことはしない。そもそも、彼女は完璧なのでそんなことをする必要がないのだ。

「こういうことになってしまったのは、殿下に心を砕けなかった私の落ち度なのよ。そんなことより、心配なのは……ミミ、あなたよ」

アイーダが口元に手をあて眉をそっと寄せる。そんな悩まし気な仕草がとても艶《なま》めかしい。その色気ちょっと分けてほしい。

「その、こんなことで変な注目を集めてしまって……あなたの作戦に影響がないといいのだけれど」

私はアイーダの言葉にハッとした。

なんてことなの！　私は自国でモテなさ過ぎて男漁《あさ》りに留学しに来た上に、婚約してもいないのに婚約破棄された不名誉極まりない令嬢になってしまったわ！

「そんな、そこまでひどい言われようはしないと思うわ」

「しまった！　全部声に出てた！」

思わず立ち上がって頭を抱えた私を見て、アイーダが少し笑う。

「本当に……ミミの明るさに私はいつも救われているわ」

「そ、そう？　そう言ってもらえるなら……」

私はすました顔でスカートを整えてゆっくりと座席に腰をおろした。そっとアイーダを見ると、彼女は窓から遠くを見ている。口元は令嬢らしくほほ笑んでいるのに、とても悲しそうだ。何の落ち度もないアイーダをこんな目に遭わせるレナートに、私はとても腹が立った。

あのバカ王子！　こてんぱんにやっつけてやるんだから！　そうだわ。後日謝罪するって言ってたから、そこそこ将来性のある側近を紹介してもらおう。王子の命令なら側近だって断れないでしょ。まあ、話はまずボコボコに殴ってからだけどね！

「ミミ。側近を紹介してもらうのは良い案だけど、ボコボコにするのは国際問題になってしまう可能性があるからやめた方がいいわ」

「また声に出てた！」

数日後、レナートは本当に謝罪にやってきた。とは言え、婚約破棄をしたアイーダの屋敷の敷居を跨《また》ぐことはできないので、私が王城へ呼び出される形だった。豪華絢爛《けんらん》な応接室で最高級の紅茶と見たことないほどの繊細な細工を施されたケーキを頬張っていた私の前に、顔色の悪いレナートがやっと姿を現した。

「待たせてしまってすまない、アンノヴァアッツィ公爵令嬢」

一度も噛《か》まずに家名を言ってのけたレナートに素直に感心してしまった。発音しづらい上にたいていの人がまず噛むんだ、うちの家名。数日前に知ったばかりだろうにきちんと覚えてくれた。たったこれだけのことでも、彼が真摯な態度で私に向き合ってくれているのがわかってしまった。

ゆっくりと向かいのソファに腰を下ろしたレナートは、とても疲れた様子で両手を膝の上に置いた。髪を後ろで緩く束ねているが、ほつれてしまった一筋の髪が白い頬に影を落とし、物憂げな表情に拍車をかけている。

アイーダと言いレナートと言い、この国の人は皆どうしてこんなに色っぽいのだ。

口の端についたクリームをぬぐいそうになった私の手に、すかさずナプキンを握らせてくれた侍女はとても優秀だ。私はなるべく品よく見えるようにナプキンで口をぬぐった。そもそも上品な淑女は口の端にクリームなんてつけないのだが。

「あなたには本当に申し訳ないことをした。その、内密にだが君の留学理由をアイーダ嬢から聞いた。あなたの経歴に傷をつけてしまったこと、深く遺憾に思っている」

そう思ってるならできるだけ優良物件紹介してください。

すぐに両手で口をふさいだが、今日は大丈夫だった。声には出ていなかったようだ。レナートは私から目を逸らし、ぼんやりと床を見つめたまま動かない。

「できるだけ優良物件か。考えておこう」

「やっぱり出ちゃってた！」

壁際に控えている侍女たちが非常に残念そうな表情をしている。

「アンノヴァッツィ公爵令嬢」

「レナート殿下、言いにくいでしょう。マリーアで結構です」

「ありがとう、では、マリーア嬢」

居住まいを正したレナートは、しっかりと私の目を見た。凛《りん》とした表情はやはりとても整っていて、自国の腑抜けた王子たちとは比べものにならないくらいかっこいい、と思った。

「アイーダ嬢から聞いているとは思うが、私はずっと彼女を避けていた。視界に入らないようにし、姿絵を開くこともしなかった。幼少の頃以来、言葉を交わしたこともない。それゆえ現在の彼女の姿を知らなかった。だから彼女の隣にいたあなたをアイーダだと思ってしまったのだ」

「子供の頃は、プラチド殿下を交えて三人で遊んでいた、と伺いました」

「そう。まだ八歳程度の頃までは彼女が王城に来るたびに一緒に庭で遊んでいた。だから、髪の色だけで判断した。その美しい金髪はなかなか他にはいないから」

私の髪はアイーダほど手入れもしていないし美しくもないのだけれど、とりあえず自分が褒められたことにして少し照れた仕草をしてみた。

レナートは膝の上で組んだ手を見つめながら、小さく息を吐いた。いつの間にかすぐそばに来ていた侍女が、手の付けられていない冷めた紅茶を新しい物に取り替えた。

「……レナート殿下はとても優秀なのに、どうしてあんなことをしたのですか？　どういう状況になるかおわかりにならないはずがないでしょうに」

私の声が聞こえているはずなのに、レナートは何も答えなかった。視線を落としたままの顔色は悪く、目の下にはうっすらとくまが見える。王子様の割には不健康そうだな、この人。

私は温かくなった紅茶をごくりと飲みこみ、再び壁際の侍女たちを見た。彼女たちは相変わらず残念そうな顔をしている。どうやらその表情の理由は私のがさつさのせいではなく、このレナートのせいのようだ。

「王太子になれなくなっちゃうかもしれないじゃないですか。どうするんですか」

私は声を張り上げてはっきりと言ってみた。侍女たちの顔がいっそう曇る。

間違いない、レナート殿下は人望がおありになる。彼が王太子にならないことを皆悲しんでいる。

レナートは少し考えるそぶりをした後、つい、と視線だけを上げた。その瞳はまっすぐに私を見ていた。

「…………私が王太子にならなければ、全てうまく行くと思ったんだ」

「はい？」

それっきりレナートは黙ってしまい、私は両手で持ったカップを揺らしながら次の言葉を待っていたが、彼が口を開く様子はなかった。

「そこまで言ったんだったら、詳しく話してくださいよ」

「……」

「誰にも言わないですから。内容にもよりますけど」

「…………」

「気になるじゃないですか」

「……………」

「ああ、もう！」

私は立ち上がり、ずかずかと大股で歩いて彼の隣にどさりと座った。そして、耳に手をあてて体を寄せた。

「ほら、こっそり、私にだけしゃべっちゃいなさいな。私は他国の人間なのでそのうちいなくなりますから。しゃべってすっきりしちゃいなさい」

彼はぎょっとしたように少しのけぞったが、ふふ、とちょっとだけ笑って観念したように身を寄せてきた。

「プラチドが、アイーダ嬢のことを好いているのだ」

「えっ!?」

「内緒だぞ」

「わわわ」

「あいつは真面目な分、わかりやすい。子供の頃からずっと彼女を想っている。だから、私はアイーダ嬢に近づかないようにしていたのだ」

「ほほほう」

「しかし、アメーティス公爵が、娘は王太子と結婚させる、と言って私との婚約を進め、議会もそれを承認してしまった。徹底的に無視していれば諦めるかと思ったが、なかなかうまく行かず……卒業が近づいてきて焦ってしまったんだ」

私は首を傾《かし》げてレナートをちらりと見た。彼は面白いいたずらを思いついた、みたいな無邪気な表情をしていた。

「だったらいっそのこと、私が王太子にならなければいい、と思ったのだ。私がならなければ、プラチドが王太子になる。そうすれば、アイーダ嬢はプラチドの婚約者になる。全て丸く収まるじゃないか、と」

耳にあてていた手を私はゆっくりと口にあてた。

この人めっちゃいい人じゃーん!

よし、声には出なかった。

「どうしたら廃嫡されるだろうか、と悩んでいたところで、カシャーリ男爵令嬢が近づいて来た。カシャーリ男爵はちょうどとある疑惑があり、密《ひそ》かに調査をしている人物だったため、利用させてもらった」

「利用？　……ああ。では、側近の方が持っていらしたあの書類は」

「そう、カシャーリ男爵の横領の証拠だ。あなたは勘がいいな。あの後彼がカシャーリ男爵の不正を暴き、令嬢の甘言に惑わされた私を断罪する予定だった」

レナートの後ろで戸惑っていた青年はアイーダを追い詰める役ではなく、台本通りいけば男爵の横領の証拠を突き付け、あのような場で婚約破棄したレナートを断罪して王太子の座から遠ざける予定だったのだ。彼とレナートはどんな関係なのだろう。私さえいなければ、今頃彼は愚かな王子を廃嫡に追い込んだヒーローになっているはずだった。

青くなる私を見て、レナートはくすりと笑った。

「しかし、大事なところで私は失敗してしまった。しかも、関係のないあなたを巻き込んで」

レナートは青い顔のまま、前髪をくしゃりと片手でかき上げた。

うわ、めっちゃイケメン。

私はふう、と息を吐いて彼に正面から向き合った。

「殿下、私にお詫《わ》びしてくれるんですよね。さっきの優良物件の件は無しで。その代わり、明日街に連れてってください」

「え？」

「殿下が今までで一番おいしいと思った物が食べられる店に連れてってください。で、お腹《なか》いっぱい奢《おご》ってください」

「今までで、一番」

「そ、一番。今、何思い浮かべました」

レナートは顎に手を置きちょっと考えた後、顔を上げた。

「マルバール亭のステーキ」

「ステーキいいですね！　そこ予約しておいてください。明日一緒に行ってたらふく食べましょう」

「承知した」

「それから、明日のために今日はゆっくり睡眠を取ってください。殿下、あんまり寝てないでしょう。クマがいます」

私が目の下を指さすと、レナートはそっと自分の下まぶたを両手の指で押さえた。

「……確かにそうなんだ。忙しいのもあるが、あまり眠れない」

「羊でも数えたらいいんじゃないですか」

「国民の数を超えるほど数えているんだが、眠れない」

「じゃあ、特別にアンノヴァアッツィ公爵家の数え歌を教えてあげますね。よく見ててくださいね」

私は立ち上がり、テーブル横の空いたスペースに移動した。そして、変顔をしながら右手の肘を勢いよく高く上げる。

「いち！」

案の定、レナートは目を見開いて驚いている。

私は間髪容《い》れずに左手を真横に伸ばし風を切る。もちろん変顔のままだ。

「に！」

くるりと回って床に這《は》いつくばるように身を低くする。

「さん！」

そのまま低い体勢で右足を伸ばして床を擦《す》る。

「よん！」

その後も両手両足を存分に動かし、時には全身を使ってジャンプして、ご！　ろく！　……と続けた。

「じゅう！」

最後に右手の豪快なアッパーパンチが空を切った。息を切らせることなく服の乱れを直し、私はレナートの隣の席へ戻った。彼は唖然とした表情のまま固まっていた。

「寝る前に、私の今の姿を思い出してください。楽しかったでしょう。三歳の弟は今の数え歌を見

ると げらげら笑った後、ぐっすり眠るんですよ」

レナートは見開いていた目をきゅっと細め、ほほ笑んだ。

「ははは、三歳児と同じ扱いか。……わかった、寝る前に君のことを考えるとしよう」

ずっと疲れたようにしていたレナートが楽しそうに笑ったのを見て、私は急に顔が熱くなった。私のことを思うんじゃなくて、私の変顔を思い出すってことだからね！　パタパタと手で顔をあおいで、じろりとレナートを見た。

「人間は睡眠不足でお腹空《す》いている時ってろくなこと考えないんですよ。殿下、あなたは今、その状態です。とりあえず、今日の晩ご飯も栄養とかカロリーとか何も考えずに、おいしい物をお腹いっぱい食べてください」

「心得た」

レナートと明日の約束をして、私は王城を後にした。馬車の中で、別に食事は私と一緒じゃなくても良かったんじゃないかな、と今頃気づいた。

次の日の午前中、事態は急変した。なんとプラチドがアイーダに求婚し、アメーティス公爵がそれを許したのだ。人前で婚約破棄されたアイーダには傷がついてしまった。だったらレナートとプラチド、どちらが王太子になろうとも、できるだけ身分の高い相手を確保しておいた方がいいと思ったのだろう。

貴族令嬢は家の繁栄のための道具にすぎない。私は深くため息をついた。

昼が近くなり、そろそろレナートが迎えにくる時間だった。私は玄関へ向かう前に、アイーダの部屋に顔を出してみた。すると、彼女はとても晴れ晴れとした顔をしていて、めずらしく楽し気にはしゃいでいた。そうか、アイーダもプラチドのことが好きだったのか。

だったらまあ、いいか。やるじゃん、レナート。

そう思いながら階段を下りると、玄関にはすでにレナートが待っていた。

「お待たせしてしまって申し訳ありません」

「いや、私も来たばかりだ」

そっと横にいた公爵家の執事を見たら、首を振っていた。どうやら結構待たせていたらしい。レナートの手を借りて王家の馬車に乗った。当然馬車では二人きりになるはずもなく、件《くだん》の側近の青年も乗っていた。

側近の説明によると、あの後カシャーリ男爵はあっさり逮捕されたそうだ。レナートが指示して集めた証拠は完璧で、男爵は現在牢に入っており家族は自宅で軟禁されている。

レナートの婚約破棄騒動は、男爵の悪事を暴くためにプラチドやアイーダも協力して一芝居うったという設定にしたらしい。そこに私が絡んでいる時点でとても無理のある話ではあるが、王家がそう通達したので誰もそれに異を唱えることはできない。

「あれ？　じゃあ、レナート殿下とアイーダの婚約破棄はなかったことになったのでは？」

「そこは普通に、想い合っている二人を結婚させた、というだけです。お互いに身分は申し分がないわけですし」

側近は眼鏡をキリッと上げながら淡々と説明した。レナートは窓枠に肘をついて外を見ている。

「へえ、じゃあ、何もかも丸く収まったってことですね。レナート殿下はこのまま王太子になるんですね」

レナートはなぜかむすっとしている。

「私はこのまま廃嫡でも良かったのだがな」

「何をおっしゃっているのですか」

側近は丁寧な口調ながらも呆《あき》れたようにため息をついた。台本ではレナートを断罪する役だった彼だが、もしレナートが本当に廃嫡されてもそばに仕えるつもりだったのだろう。とてもレナートを裏切るような人には見えない。

何ともご都合主義ではあるが、大国ともなるとそうやって国を守っていくものなのかもしれない。

田舎の小国出身の私は足をパタパタとさせて外を見ていた。視線を感じて振り向くと、レナートと目が合った。

「あら、殿下。ずいぶんと顔色が良くなりましたね。たくさん眠れましたか？」

「ああ。寝る前に君のことを思い出したら心が温かくなって、数年ぶりによく眠れたよ」

レナートは胸に手を当て、ほう、とうっとりと息を吐いた。側近がぎょっとしてレナートを振り返る。何でそんな誤解を招くような言い方をするのだ。私はあわてて両手を大きく振った。

「違います！　弟を寝かしつける時にする方法を教えたんです！　よく眠れるんです」

「な、なるほど」

レナートは片手で口を押さえてくつくつと笑っている。ちくしょう、からかわれたのか。

馬車が止まり窓から外を確認すると、見上げるほど大きな屋敷の前だった。マルバール亭は庶民臭い店名とは程遠い、一見王宮かと見間違えるほど豪華な建物だった。通された個室は実家の私の部屋よりも広く、どこを見ても高級な家具や調度品があふれていた。

「さすが、王子の来る店」

「私しかいないので、マナーなど気にせずたくさん食べてくれ」

「レナート殿下も同じくらい食べてくださいよ」

「はは、お言葉に甘えさせてもらおう」

広々としているが一分の隙もない室内に初めは落ち着かなかったが、レナートが学園でのことなどを上手に聞き出してくれたので、少々、いやかなり一方的に私が話し続け、気付いたらすっかりリラックスしていた。聞き上手な王子おすすめのステーキも大変おいしかった。

食後のデザートを食べていると、レナートの側近がやってきた。その様子から早急な用事なのがわかったので、どうぞ、と促すと、レナートは席を立ち部屋を出た。一人デザートを堪能し、給仕が淹《い》れてくれたおかわりの紅茶を飲んでいたら、再び部屋の扉をノックされた。返事をする前に扉は開き、騎士服を着た男性が慌てて入ってきた。

「お嬢様、レナート殿下は緊急の用事で先に帰られましたので、代わりにお迎えにあがりました。申し訳ありませんが、至急帰り支度を」

「あら、そう。お忙しいこと」

給仕の女の子と顔を見合わせた後、私は支度をして部屋を出た。騎士の後ろをついて行き、来た時とは違う豪華な玄関から馬車に乗った。

この店に来たのも初めてで、そもそも他国の人間である私は知らなかったのだ。

豪華に見えたその玄関はこの店では一番質素な従業員用の玄関で、男性の着ていた騎士服はこの国の騎士団の制服ではなかったことを。


あっさり誘拐された私は既に馬車から外を眺めていた。どう見ても郊外に連れて行かれているのに今頃気付いて、どうしたものかと考えていた。

隣の小国の公爵令嬢を誘拐したところで、手間を考えたら身代金の要求ではないはずだ。第一王子と食事なんてしたもんだから、何かしら勘違いされたに違いない。現在貴族の間で次の王太子は誰だレースが始まっているのだから。でもレナートと私には何にもない。ほぼ他人だ。それに犯人が気付いてしまったらきっと人知れず始末されてしまうだろう。

馬車が止まったタイミングで抜け出して、馬を奪って逃げるか。

馬車ごと崖から落とされたらたまったもんじゃない。気取った靴なんて履いてくるんじゃなかったわ。ていうか、誘拐される前提で準備してくるかっつーの！

　ということを考えながら狭い座席で準備運動をしていたら、馬車が突然止まった。外を窺《うかが》うとそこは林の中だった。隠れるように建っている山小屋の扉が開き、中から数人の男女が走ってくる。

　私は考えるよりも先に馬車を飛び降り全力で走り出した。足の速さには自信があったが、騎士には敵《かな》うはずもなくあっさり囲まれてしまった。

「ちょっと！　……ハァハァ……令嬢が走るとか、あんた……何なの」

　ゼイゼイと息を切らせてやっと追いついてきた少女を見ると、何となく見覚えがあった。

「あら、あなた……カ……ガ……？　……ガッチャン男爵令嬢？」

「カシャーリ男爵よ！」

　そこにいたのはカシャーリ男爵令嬢のエレオノラだった。

「あなた、自宅で軟禁されてるんじゃ」

「そうよ！　このままだと処刑されるだけだから、あんたを誘拐して身代金もらって国外へ逃げるわ！」

「うわあ、全部言っちゃってる！」

　それはないだろう、と最初に否定した一番頭の悪い誘拐を起こしてしまったようだ。うちの公爵家から身代金が届くまで何日かかると思ってるんだろう。

「思ったこと全部口から出ちゃう系令嬢って私くらいかと思った」

「何よ、それ。ぐたぐた喋《しゃべ》ってないで、髪のひと房寄こしなさいよ。アンノバッチー公爵家に送り付けるんだから」

「アンノヴァッツィ、よ。下品な呼び方しないで」

「発音しづらいのよ！　いいから早く！　髪でも指でも切り取っちゃいなさい！」

エレオノラがそう叫ぶと、周りにいた三人の騎士が私に手を伸ばした。

「ちょっと！　さわらないでよ！　あんたたち、今どういう状況かわかってるの!?」

「お前こそわかってるのか!?」

騎士の一人が眉をひそめて私を睨んだ。

「あんたたち雇われの騎士でしょ？　今のやり取り見てて、この誘拐がうまく行くとでも思ったの？　こんなアホ令嬢の言うこと聞いて逃げ切れるとでも思ってんの」

図星だったのか、騎士たちは気まずそうにひるんだ。

「今ならまだ戻れるわよ」

「騙されないで！　あんたたちはもう片足つっこんでるのよ。自首したところで公爵令嬢誘拐は死罪だわ」

「片足どころかどっぷり両足つっこんでるわよ」

「あんたの国ってこんな令嬢が普通なの!?　ムーロ王国にだけは逃げるのやめるわ」

「失礼なこと言わないで！　こんなんなのは私だけよ！」

私がエレオノラに掴みかかろうと手を伸ばすと、その先をさっと剣で防がれた。焦れた騎士の一人が剣を抜いたのだ。

「いい加減にしろ。俺たちは金さえ手に入ればそれでいいんだ」

首元に剣を当てられ、私は動きを止めて騎士を睨んだ。黙った私に気を良くしたエレオノラが私の背後にまわった。

「最初から大人しくしていればいいのよ。私はただ母様と逃げられればいいだけなんだから」

エレオノラは私の髪をひとつかみ左手で握り、騎士へ目配せをした。騎士が私の首元から剣を外し髪を切ろうとした瞬間。私はエレオノラの腕をひき、全力で彼女を騎士にぶつけた。

「きゃあ！」

体勢をくずしてエレオノラを受け止めた騎士に足払いし、私は再び走って逃げた。林の開けた広い場所を見つけ、すぐ後ろまで迫っていた二人の騎士の位置をすかさず確認した。そこで急に立ち止まり振り返る。振り返った勢いのまま左手を振り下ろし一人目の騎士の首に手刀を入れた。

に！

右から殴りかかってきたもう一人の騎士の拳を右手の肘で払う。

いち！

そのまま体を反転し、左足で回し蹴りを決めた。

はち！

その後も相手の攻撃を全てかわし、剣を抜く暇をあたえずにすばやく打撃を入れた。

我がアンノヴァッツィ公爵家は、全部で80種類ある型を組み合わせて戦う武道の名家だ。奇数は防御、偶数は攻撃。相手に合わせて組み合わせ、時には合わせ技にして戦うのだ。全ての型を覚え、とっさの判断で組み合わせるのが五姉妹の中で私が一番うまかった。だから、弟が生まれるまでは私が跡取り候補だった。

上空からの頭突きが決まり一人の騎士が崩れ落ちた。着地したらもう一人に踵落《かかと》としだ。最後の一人の位置を確認しておこう、と空中で視線を林に移すと、視界の端に金髪の青年を先頭に騎士の姿が見えた。その後ろには武装していない貴族の青年たちが立っている。

全員が、ぽかんとして私を見上げていた。

すん、と血の気の引いた私は地面に着地した勢いのまま頭を低くしてしゃがみこんだ。私を殴ろうとした騎士の拳が空を切る。

「やだぁ――――!!　こわぁ――――い!!」

両手で顔を覆った私は頭を下げるついでに騎士の股間へ思い切り頭突きしておいた。騎士が言葉にならない声をあげて内股で倒れ込む。

バタバタと走る音がして、倒れた敵をルビーニ王国の騎士たちが捕縛した。

「マリーア嬢。無事で良かった」

指の隙間からちらっと確認したが、やっぱりあの金髪はレナートだった。

「違うんです、殿下」

「何がだ」

「これは、私の本意ではなく」

「すばらしい身のこなしだった。速くて見えない瞬間もあった」

「どこから見てたんですか」

「エレオノラを突き飛ばしたあたりから」

「全部見られてた！」

終わった！　私の令嬢生活終わった！

私は地面に突っ伏して悶絶《もんぜつ》しようと身を倒そうとしたら、すかさずレナートに横抱きにされてしまった。

「ぎゃあ、何するんですか！　殿下！」

「怪我はないか、マリーア嬢。とりあえず安全な場所へ移動しよう」

歩けます、放して、と言って暴れてもレナートは下ろしてくれなかった。山小屋の辺りでは騎士たちが数人の男女を縛り上げている。その中にはエレオノラもいた。

レナートは待たせていた王家の馬車に乗り込み、横抱きにした私をそのまま膝に乗せて座席に座った。

「軟禁されていたカシャーリ男爵家の者たちが逃げ出したと言う知らせが届いてね。捕獲の指示を出して部屋へ戻ったらあなたがいなかった。給仕や他の従業員の証言からすぐに馬車を追って来たんだ」

全く気付かなかった。逃げ出さずに大人しくしていればすぐに助けてもらえたのに。私は自分の浅慮に心底がっかりして脱力した。それを甘えているのだと勘違いしたレナートがぎゅっと私を抱きしめた。

「突然巻き込まれ、誘拐され、怖かっただろう。かわいそうに」

レナートは目を細め、心底心配してくれている様子だった。

私はアンノヴァッツィ公爵家の後継者として育てられたが故に、そんじょそこらの騎士よりも強く、自分の身を心配されたことなどなかった。かわいそう、なんて嫌味でしか言われたことがない。

初めて与えられた純粋な優しさに、私はつい涙が出そうになった。

「殿下。追いかけてきてくれて、ありがとうございました」

「何を言うんだ、当然だろう」

数日前に出会ったばかりの小国の令嬢を、第一王子自ら助けにきてくれるなんて。さすが大国は違うな。きっと国民ひとりひとりのことを大切にしているのね。

洟《はな》をぐすりとすすると、レナートがくすりと笑った。見るからに高級そうなハンカチで鼻水を拭いてくれた。馬車が微かに揺れ、窓の景色がゆっくりと動き出した。

「マリーア嬢……私も、ミミ、と呼んでいいだろうか」

「え？　はあ、どうぞ」

「ありがとう、ミミ。私は昨夜、眠る前に君のことを思い出したらよく眠れたんだ」

レナートは王太子になるための勉強に忙しかったのもあるが、アイーダとプラチドのことにも心を痛めここ数年不眠だった。それが、私の変顔を思い出したら悩みを忘れてゆっくりと眠れたそうだ。

「あの十の数え歌がまさか優れた攻防の型だったとはね。あなたの戦う姿を見たら、目の前の霧が晴れ目が覚めたような気分だ」

「そうでしょうね、私も私みたいな令嬢を見たことないですもの。それにしても、レナート殿下、そろそろ下ろしてください」

膝から降りようとした私をレナートはがっちりと押さえた。意外と力があり、しばらくの間じたばたと暴れたがなぜか彼の腕はほどけなかった。

「そして、あなたの言う通り睡眠を取り満腹になったら、気持ちが前向きになった。そして、素晴らしい考えに導かれた」

「神の啓示でも受けたみたいな表情ですね」

「まさに神の導きかもしれないね。ミミ、私と結婚してほしい」

「……はい？」

さすが王家の馬車は全く揺れない。微かに聞こえる馬の蹄音《つまおと》だけが車内を埋める。

レナートはニコニコしたまま私の言葉を待っているようだ。

「いや、何言ってるんですか」

「優良物件を紹介すると約束しただろう」

「レナート殿下より優良な物件はこの国にはおりません」

「うわあ！　いつからいたんですか！」

いつの間にか向かいの座席の端っこにレナートの側近が座っていた。あまりの気配の無さに全く気付かなかった。

「最初からいます。いきなり二人きりにさせるわけがないでしょう」

「ここまで優良な物件は求めていません」

「自国の王子とは比べものにならないくらいかっこいい、と言ってくれたではないか」

「それも聞かれてたとは！」

私の心の声が大きすぎるのかレナートが地獄耳なのか、もうどっちかに違いない。

「マリーア嬢、既にムーロ王国のあなたのご実家に婚約の打診の文書を出しました」

側近が手元の書類に目を落としたまま言った。

「しっかりと王家の紋章を入れた文書です」

「それ、断れないやつ！」

「自分で自分の身を守れる王太子妃なんて、こちらとしては願ったり叶ったりです」

「ミミ、良い返事がもらえると信じている」

レナートがにっこりと笑った。その笑顔があまりにも美しくて、私は見とれてしまった。それを諾と見なしたレナートが改めて私を抱き直す。

「いや、私、跡継ぎの勉強しかしてこなかったので、この通り淑女教育もまだまだで」

「義理の妹になるアイーダ嬢から教わればよい」

「何年かかるか」

「何年かかってもよい」

「私のことアイーダと間違えたくせに！」

「かりそめでも私の婚約者ならこっちの健康そうなほうがいいな、と希望を込めてあなたの腕を摑んだ」

アイーダよりタイプだった、と婉曲《えんきょく》に言われて私はかあっと頬が赤くなった。

「そうか、私と結婚してくれるか」

「そんなこと言ってないし！」

「そうか、とても幸せな気分だ」

「聞いて！」

全くかみ合わない私たちの会話を、側近の彼は目を細めて聞いていた。

後日、私の実家から婚約の承諾の書類と一緒に私宛の手紙が届き、

——自分で伴侶を探して来いとは言ったが、そこまで大物を釣ってこいとは言っていない。

と、ただ一行だけ書いてあったのだった。

千里の道を一歩目から寄り道したが丸くおさまった件

プロローグ

ルビーニ王国第一王子レナートと公爵令嬢アイーダとの婚約破棄騒動から三ヶ月。

アイーダと第二王子プラチドの婚約式を待って、レナートは無事王太子となった。レナート派だった貴族や心配していた友人、果ては使用人、国民までもがほっと胸を撫《な》で下ろした。

レナートの側近、ライモンドは久々に王立学園を訪れていた。学園の理事にレナートが名を連ねることになったので、その書類を届けに来たのである。その帰りに廊下で思わず足を止めてしまった。

なぜ……。ルビーニ王国の名に恥じない紳士淑女を育成している王立学園の廊下で、なぜこんなことが。

ライモンドの視線の先で、金髪の令嬢が全力でスキップしていた。

膝を高く上げ、両腕をちぎれんばかりに大きく振り、満面の笑みで廊下をスキップしている。しかも、あろうことか周りの生徒たちはそんな彼女にほほ笑ましく道を譲っているのだ。

スキップしている令嬢は、マリーア・アンノヴァッツィ公爵令嬢。隣国ムーロ王国からの留学生で、レナートの婚約者に内定している。

明るい性格で友人たちからはミミと愛称で呼ばれ、非常に好感度の高い彼女ではあるが、スカートを翻して廊下をスキップしていても誰も違和感を覚えないとは、生徒たちは彼女に毒され過ぎではないか⁉

ライモンドが立ち尽くす横を、上品に制服を着こなした美しい金髪の淑女が静かに通り過ぎた。

「ミミ。廊下でスキップしてはいけないわ。皆さんが遠慮して端の方を歩いているわよ」

「あっ、本当だわ！　ごめんなさい。私ったら」

アイーダが声をかけるとマリーアはスキップをやめ、めくれたスカートを整えた。その様子をアイーダは女神のようなほほ笑みで見ていた。

「ずいぶんと楽しそうね。何か良いことがあったのかしら」

「ええ、来週の連休に実家に一度帰ることになったの。久しぶりに弟のテオに会えるわ！」

「やっと決まったのね。ミミは婚約の準備があるというのに、レナート殿下がなかなか離そうとしない、とプラチド殿下がおっしゃっていたわ」

「え、えへへ」

マリーアはもともと血色の良い頬を更に赤くして照れ笑いしている。そうしていれば、朗らかで可愛《かわい》らしい令嬢に見えるのだが。とても敵を一撃で倒すような豪傑には見えない。ライモンドは腕を組んで首を傾げた。

「今日は帰りにレナート殿下に会いにそのまま王城へ行くから、アイーダは先に帰っていてくれる？」

「わかったわ。プラチド殿下の馬車に乗せてもらったらいいわ。頼んでおいてあげるわね」

「助かるぅ。ありがとう、アイーダ。晩ご飯までには帰るわね」

マリーアはぶんぶんと手を振って食堂へと続く階段に向かって歩いて行った。それを見送った後、ライモンドは音もなくアイーダに近づいた。

「アイーダ様、お久しぶりです」

「あら、ライモンド様。気付きませんで申し訳ございません」

「気配がないのは自覚しておりますので」

アイーダはライモンドに振り向き、先ほどの柔らかい笑顔から淑女らしい微笑に切り替えた。背筋が伸び凛《りん》とした姿は、厳しい王太子妃教育の賜物であった。

「マリーア様の王太子妃教育の進捗はいかがでしょうか」

「見ての通りね。でも、運動神経がいいから、式典での王族としての作法はすぐに覚えたようだわ」

「……心の声が聞こえてしまうのは何とかなりそうですか」

「ああ、それは」

眉をひそめ小声で話すライモンドに、アイーダは肩をすくめて笑った。

「それは、敢《あ》えてそのままにしてるの。心の声が聞こえてしまうところがミミの持ち味だと思うから」

「しかし、王妃になったらいろいろとまずいことが」

「大丈夫よ、あの子は人を不快にさせるようなことは思わないから」

ライモンドはぱちりと瞬いた。そんなばかな、と思いつつも、納得してしまった自分がいる。

「……多分ね」

アイーダは少し首を傾げてペロッと舌を出して笑った。彼女としてはめずらしく、年相応の令嬢のような仕草だった。

マリーアが来てからアイーダは随分と変わった。感情を押し殺し決して表情を変えなかった以前よりも、ずいぶんと素直に感情を表すようになり、単なる取り巻きであった令嬢たちとも今では親友と呼べるほど親密になったようだ。

王太子レナートもそうである。

マリーアとんでもない出会いを果たした後からは顔色も良く、塞ぎ気味だった気分も少なからず晴れているようだ。常に刻まれていた眉間のしわはあまり見られなくなった。

おかしな令嬢だ、とライモンドは何度も思う。少なくともルビーニ王国にはマリーアのような令嬢はいない。ムーロ王国にもいない、バカにするな、と彼女は言っていたが、本当のところはどうなのだろう。一度視察に行ってみたいものだ。

周囲の者皆が心配していた国王陛下、王妃殿下との顔合わせも実にマリーアらしく成功させた。

婚約者として内定した非公式の顔合わせの日。

アメーティス公爵家の侍女により美しく整えられたマリーアは、王城に着いた時からひどく緊張していた。緊張しすぎて、なぜか王城内で迷子になった。そして、衛兵が懸命に捜索する中、ドレスを泥まみれにし頭に葉っぱを載せて中庭で発見された。

小脇に子犬を抱えて。

子犬は数日前から行方不明になっていた王太后の愛犬だった。結果、レナートのおばあさまである王太后に可愛がられることになり、父である国王を爆笑させ、弟のプラチドも両手で顔を覆って笑いを堪《こら》えていた。それを見たレナートはなぜか嬉《うれ》しそうにしていた。ただ一人、王妃だけは終始真顔であったが。

「そういえば、レナート殿下狙いの令嬢たちからの嫌がらせはどうなりましたか?」

「そうね、あの通りよ」

扇で口元を隠したアイーダの目線の先を追うと、ちょうどマリーアがロザリア・ピノッティ侯爵令嬢に絡まれているところだった。ロザリアはレナートの婚約者であったアイーダに長年嫌がらせをしていた令嬢である。

胡桃《くるみ》色の輝く茶髪を巻き髪にしたロザリアは、後ろに取り巻きの令嬢たちを引き連れ、きょとんとしたマリーアを睨んでいた。

「あら、マリーア様ごきげんよう。どうりでこの辺りが田舎臭いと思いましたわ」

「本当ですわね、ロザリア様。何だか臭いわ」

「本当のこと言っちゃいけませんわぁ」

マリーアを見下してくすくすと笑う令嬢たち。黙って話を聞いていたマリーアは、急に正気に戻ったかのように目をぱちりと見開いた。

「わぁ、ロザリア様はとっても良い香りがしますね！　香水ですか？」

マリーアが不躾に顔を近づけ匂いを嗅いだので、ロザリアがぎょっとしてのけぞった。

「香水は淑女の嗜《たしな》みですもの。当然よ」

「ピノッティ侯爵領の名産と言えば高品質な香水ですのに、ご存じないのかしら」

「ロザリア様、きっと田舎者は天然精油を使った最高級の練り香水なんて見たことないんじゃありませんこと」

ロザリアが取り巻きの令嬢たちを手で制し、呆れたようにため息をつく。

「皆さん、無知であることを責めてはいけませんわ。本人がそうであることを自覚していないのですから」

「さすがロザリア様、お優しいお心遣いですわ」

令嬢たちがちやほやとロザリアを褒めたたえる。ニコニコと笑顔でその様子を見ていたマリーアが再びくんくんと匂いを嗅ぎながら顔を近づけ、令嬢たちが思わず後ずさった。

「その、テンネンセーユのネリコースイとやらは、今は持ってらっしゃらないの？」

マリーアの質問にロザリアは待ってました、とばかりに制服のポケットから貝殻を模した華奢《きゃしゃ》な入れ物を取り出す。蓋を開ければふわりと春の花の香りがした。

「わあ、初めて見ました！　これ、お肌にも良さそうね！」

「ええ、保湿成分のあるクリームを使っているの。手を出してごらんなさい」

ロザリアはマリーアの右手を取り、その甲に練り香水を薄くすり込んだ。マリーアはすぐに右手の匂いを嗅いだ後、高く手を上げて光にかざした。

「すっごい！　良い香りがする上に肌が輝いて見えるわ！」

「ほほほ、貝殻の粉を混ぜ込んでいるので光を反射して肌が美しく見えるのよ」

「テンネンセーユノネリコースイ、スゴイ。クニニモッテカエリタイ」

「なんで突然片言になるのよ！　ルビーニ王国とムーロ王国は同じ公用語でしょう！」

「えっ、ロザリア様、ムーロ王国のこと知ってくれてるんですね」

「と、当然でしょう！　貴族なんですから周辺国のことくらい勉強してるわよ！」

「ありがとうございます！」

つん、と顎を上げて横を向いていたロザリアの手を強引に引っ張って両手で握手したマリーアは、目をキラキラさせて言った。

「あんな小さなうちの国のことを勉強してくれるなんて嬉しいです！」

「ふん、牧場しかないような何もない田舎の国で育ったなんて、なんてかわいそうなのかしら。きっと海にも行ったことないのでしょうね」

がっちりと掴まれた手をロザリアは振りほどこうとしているが、マリーアの腕力にかなうはずもなく、二人は手をつなぎ合ってぶんぶん振り回している状態だった。令嬢たちがあわててその手を離そうとするが、それでもマリーアは手を離さない。

「ロザリア様は海に行ったことがおありなの？」

「当然よ。毎年夏は海辺の別荘でバカンスですわ」

「わあ、行ってみたーい。きっと海産物もおいしいんでしょうね。今度招待してくださいよ。皆でバーベキューして夜は花火しましょう」

「…………」

「ロザリア様！　ちょっと楽しそう、なんて思ってはいけませんわ！」

「そうですわ！　こんな田舎娘招いたら素敵な別荘を台無しにされてしまいますわよ！」

「あっ、そうだ、一緒に水着も選んでくださいよ。私、流行に疎《うと》いので」

「…………」

「ロザリア様！　しっかりなさって！」

「で、でも、この子思ったこと口に出しちゃう性格って聞いてますわ。本気でロザリア様と仲良くなりたいのでは……」

やっとマリーアの手を振りほどいたロザリアは、気付けば顔を真っ赤にして涙目になっていた。

「何なのよ！　あなた！　夏のバカンスには誘ってさしあげますから、覚悟なさい!!　せいぜい気取った水着を用意しておくことね!!」

「えー、私水着着たことないから一緒に選んでほしいなあ」

「……っ、馴染《なじ》みの店に連絡しておくわ！　首を洗って待っていなさい!!」

「わあい、楽しみです」

「ロ、ロザリア様ー！　お待ちくださいっ」

訳のわからない怒りにぶるぶると震えながらロザリアは巻き髪を揺らして足早に去って行き、その後を取り巻きたちが追って行った。面白いお友達できちゃった、と心の声を大声でつぶやきながら、マリーアは階段を下り見えなくなっていく。

一連の様子をニコニコと見ていたアイーダは、隣で唖然としているライモンドを振り返った。

「ね？」

「ね、って言われましても」

「正直ロザリア様程度の嫌がらせはミミには通じません。物理的に襲撃してきた人たちはとっくに返り討ちにされてますし」

「たくましくて助かります」

ライモンドはこめかみを押さえてため息をついた。

そして、アイーダを教室まで送った後、馬車を急がせ王城へ帰った。マリーアが来るまでにレナートに仕事を終わらせてもらわねばならない。マリーアに会った後のレナートはいつもぽやぽやと頬を緩ませてしまって仕事にならないのだ。

真面目な側近は、つい笑ってしまう口元を押さえながら手元の書類整理を始めた。

王城にて

レナートの執務室に近い応接室は、彼を訪ねてきた親しい客人を迎えるための部屋なので、落ち着いた内装に必要最低限の家具しかない。以前レナートに謝罪された豪華絢爛な応接室とは違い、飾り気はないが置いてある物はすべて質が良いというとても彼らしい部屋となっている。

私は桃の香りのする珍しい紅茶を飲みケーキを食べながらレナートを待っていた。

待っている間手持ち無沙汰だったので、入り口にあった重そうな花瓶で筋トレしようとしたら、控えていた侍女が先にケーキを用意してくれたのだ。

王城にいる人たちはとても感じがいい。レナートを筆頭に、善良で優しくて落ち着いている。自国では王子たち相手に王城の中庭でチャンバラしてたことは絶対に知られたくない。

「ミミ、待たせてすまない」

重厚な扉が開き、レナートが部屋に入ってきた。急いで来てくれたらしく、シャツの首元のボタンを開け腕まくりをしたままだった。品の良い刺繍《ししゅう》の入ったウェストコートに後ろで束ねた髪が肩から下がっていて、とても色っぽい。

「失礼、急いでいたから」

レナートは向かいのソファに腰掛けながら、まくっていた袖を直した。私と会うために急いで仕事を終わらせてくれたのかと、うぬぼれそうになってしまう。

「私は暇なので大丈夫ですよ。殿下、実家に帰ることを許していただいてありがとうございます」

「そのことなのだが……」

「えっ、まさか」

「……ちゃんと帰って来てくれるのだろうか？」

「もちろんですよ。学校もありますし」

「……」

「でで、殿下に会いたいですし」

がっくりとうなだれていたレナートが、ぱあっと輝く笑顔で顔を上げた。完全に彼に誘導されて言わされた感があるけれど、私のことで一喜一憂してくれるのがとても可愛いと思ってしまった。

でもなあ、「テオドリーコに会ったら帰りたくなくなっちゃうかも。

テオドリーコとは、弟君だったかな」

「また声に出てた！」

私が頭を抱えてソファに倒れ込むと、レナートは目を細めくすりと笑った。すっと立ち上がって移動し、私の横に座り直した。

「深い愛の力だろうか、あなたの心の声がよく聞こえてしまうようになったんだ」

「そうですか。どうやら私も侍女も護衛騎士たちも、マリーア様を深く愛しているようです」

いつの間にかソファの横にはレナートの側近ライモンドが立っていた。レナートがむっとした表情で彼を睨む。

「えっ、モテ期到来？」

「違います」

ライモンドは私を一瞥《いちべつ》すると、すぐにレナートの方に向き直った。

「殿下、目録をお持ちしました」

「ありがとう」

レナートはライモンドから受け取った書類をぱらぱらとめくって確認する。目を伏せるとよくわかる長い睫毛《まつげ》をじいっと見ていたら、レナートと目が合った。

「これは、アンノヴァアッツィ公爵家への贈答品の目録だ。喜んでもらえるといいのだが」

「うちは病気以外なら何でも喜びます」

「そうか、頼もしいな」

手にした書類を私に見せながら、レナートがほほ笑む。こんな素敵な人が近い未来にうちに挨拶に来るのだ。家族に心の準備をさせるために、一刻も早く帰らねばなるまい。

「実家に泊まるのは一日で十分だろう」

「えっ、早っ」

気付けば私は座ったままレナートにぎゅうっと抱きしめられていた。ライモンドたちが見ているので恥ずかしくて身をよじるが、レナートの腕は全然ほどけない。

「ちょっ、殿下。意外と、力が、ありますねっ、むむむ」

「そうかな。言われたことはないが」

「ていうか、動きが鈍くて逆に逃げられない！　何これ、こわい！」

動けば動くほどレナートに抱きすくめられてゆく。この私が抱きしめられるまで気配に気付かないなんて！　ものすごい力なのに、レナートがいつもの優雅な笑顔のままなのが更に恐ろしい。

私の頭を撫でたレナートの手が止まった。

「最近いつもこの髪飾りを付けているのだな」

「ああ、これはアンノヴァッツィ公爵家の女性はたいてい付けています。公爵家の家紋のデザインを基に、成人したらひとりひとり特注で作るんです」

私の右側頭部には丸い輪を四つ連ねたようなデザインの髪飾りが付けられている。これを付けているのはアンノヴァッツィ公爵家直系の女子の証《あかし》。ルビーニ王国では付けていなかったのだが、レナートの婚約者になってからは身分を隠す必要がなくなったので付けるようにしている。

「では、結婚したら王家の紋章を基に新しく作らなければならないな」

「王家の……！　そそそ、そんな、私なんかにもったいないです！」

「ふむ、少し大ぶりの物でもミミには似合うかもしれないな」

レナートには私の声が全く届いていないし、相変わらず腕からは少しも抜け出せない。何だこの腕、魔法でもかかっているのか。

「殿下。マリーア様はこの後、王妃殿下とお茶会のご予定がございますので、放してさしあげてください」

「私との時間にぶつけるようにお茶会を入れるなんて、母上も人が悪い」

レナートがめずらしく不貞腐《ふてくさ》れた顔をすると、ライモンドは呆れたように肩をすくめた。

「仕方ないですよ。私、あんまり王妃様に好かれてないみたいだし」

「そんなことはないと思うのだがな」

レナートが首を傾げた隙に腕から逃げ出した。

「ケーキごちそうさまでした。ムーロ王国に帰る前に、もう一度会いに来ますね」

「そうしてほしい。申し訳ないが、私はしばらくあまり身動きが取れない」

レナートは王太子になったばかりで、いろいろと忙しいらしい。今までも王子としてたくさんの仕事を抱えていたが、その比ではないほどに書類の山が増えた。

「あんまり無理しちゃだめですよー！　それじゃ！」

それでも途中まできちんと送ってくれたレナートに手を振って別れ、王妃様の待つ中庭に向かった。ついて来てくれている二人の騎士は、護衛のためではなく迷子にならないようにだ。私だってできれば守ってもらいたいのに。

しばらくの間無言のまま歩いていたが、中庭近くの廊下に差し掛かった辺りで三人同時に妙な気配を感じ取り身構えた。

「ミミちゃーん、ご機嫌よう」

スカッ。

曲がり角から突然飛び出してきた男の手が空を切る。隠れていたのはバレバレだったので、私はあっさり彼の手をかわすことができた。

「つれないなあ。久しぶりに会ったのに」

「ご機嫌よう、イレネオ様。そしてさようなら」

「はい、そこからのこんにちはー」

どうにもこうにも軽いこの男は、マルケイ侯爵家のイレネオ。お母様が王姉にあたり、レナートの従兄《いとこ》である。王家の血の証の金髪で、若く見えるが三十代前半。女性が大好きすぎて未《いま》だ独身という軽薄を代表する優男だ。微妙に身分が高くて誰も注意できないらしい。

「ミミちゃん、相変わらず今日も可愛いね。どこ行くの」

「王妃様とお茶会に」

「えっ、俺王妃様苦手。真面目過ぎるんだもん」

「多分向こうも苦手だと思ってると思います」

「ミミちゃんは俺のこと好きだよねー？」

「あはは、まっさかー！」

「だよねー見ればわかるぅー」

スカッ。

スカッ。

スカッ。

再びイレネオの両手が空を切る。肩や腰にまわってくる彼の手をことごとく避けると、さすがに騎士たちが笑う。

「ミミちゃん、瞬間移動使えるの!?」

「レナート殿下にまた怒られますよ」

「あいつも心が狭いよねえ。別に取り上げようってわけじゃないのにさ」

諦めて両手を頭の後ろにまわしたイレネオは、口を尖らせて拗《す》ねている。適度に距離を保って並んで歩いていると、窓から差す光に当たった金髪がキラキラと輝いていて、角度によってはやっぱり少しレナートに似ているところがある。レナートももう少し大人になったらこういう感じになるのかしら、と想像してしまう。

レナートの婚約者になる際に、アイーダから要注意人物を教えてもらった。王太子の婚約者はいろいろと嫌がらせを受けたり命を狙われたりするらしい。幸い未だ何の被害もないので、もしかしたらレナートが事前に排除してくれているのかもしれない。

したがって、目下注意する人物はこのイレネオである。

アイーダ曰《いわ》く、イレネオはレナートの敵ではないが、女性の敵である、と。

「あーあ、俺が先にミミちゃんに出会ってたらなあ」

「ははは、ご冗談でしょう」

「王都のケーキ屋の新作知ってる？　桃のタルト、すっごくおいしいんだって。俺、桃好きなんだー。一緒に食べに行かない？」

「知らない人に付いて行っちゃだめってライモンド様に言われてるんで」

「俺はミミちゃんのこと、よく知ってるから大丈夫」

王家の皆さんとの挨拶の後、何を気に入ったのか彼は私にしつこく付きまとっている。レナートの親戚だけに邪険にするのも気が引けていたのだが、あまりにも煩わしいのでそろそろ一回殴っておいた方がいいかもしれない。

「ん？」

背後から視線を感じ、私は振り返った。そこには騎士が二人いるだけで、奥の廊下にも誰もいなかった。

スカッ。

またしてもイレネオの手が空を切る。

「ねえ、背中に目でも付いてるの!?」

「やだあ、怖い話ですか」

私は適当に相槌《あいづち》を打ち、もう一度廊下に目をこらすが誰もいない。でも、確かに誰かが見ていた。殺意というよりも、じっとりとした視線を感じた。

「もう中庭についてしまいますよ。イレネオ様も一緒にお茶会に参加されるんですか？」

「いや……王妃様も嫌だろうし。仕方がない、帰るよ」

今度は俺とお茶しよう、と手を軽く上げてイレネオは去って行った。騎士たちは慣れているのか、何事もなかったかのような表情をしている。

王城の中庭はこの国でしか咲かないという花がたくさん植えられており、一歩進むごとに見たことのない美しい花に目を奪われてしまう。よそ見をしないように気を付けながら進むと、すっきりと見晴らしの良い木陰にテーブルがセットされていた。侍女に勧められた椅子に腰かけ、背筋を伸ばして王妃様を待つ。そっとテーブルに手を乗せ、その質と強度を確かめた。硬質な天板はとても重く頑丈だが、たおやかな装飾がほどこされており、重量感は全くなかった。

いけない、ついつい身近なものの強度を確かめてしまう癖を改めるように、とアイーダに言われていたのだった。私は慌てて両手を膝の上に固定した。

鳥の軽やかな歌声があちらこちらから聞こえ、私はきょろきょろしながら木々に隠れ見えないその姿を捜していた。にわかに侍女たちが姿勢を正し、お茶の準備を始めた。私は静かに立ち上がり、頭を下げた。

「王妃殿下におかれましてはご機嫌麗しく……」

「堅苦しいことは結構よ」

王妃様は扇で口元を隠したまま、隣の椅子に座った。侍女たちがすかさずお茶を出してくれる。ケーキスタンドにはケーキだけではなく、クッキーやサヴァラン、パウンドケーキが並べられていてとてもおいしそうだ。思わず見とれていると、王妃様が真顔のままいくつかを取り、ぽいぽいぽい、と私の皿に置いた。意外な手早さと適当さに、実家の母を思い出してしまった。

「ありがとうございます」

「おいしい物から先にお食べなさい」

王妃様は優雅に座ってはいるが、体が完全に私とは逆の方向を向いている。さすが聞き上手なレナートの母親らしく、少ない言葉でどんどん私の話を引き出した。私が黙ると、横目でちらりと続きを促してきて、結局私一人が話し続けていた。王妃様はたまに目を見開いたり、ふむ……と息を吐いたりはするが、ほとんどが無反応だ。

いい加減しゃべり疲れてきた私は、休憩しようとお菓子を手に取った。アイーダに習った通りに小さく一口ずつ食べ、音をたてずに紅茶を飲んだ。よし、作法通りだわ。どうだ！　とばかりに王妃様を見たら、眉をひそめてものすごく嫌そうな表情をしていた。

「どうだ、ってもしかしてわたくしにおっしゃいましたの？」

「ああー！　また言っちゃった！」

扇を持つ王妃様の手がぶるぶると震えている。相当怒らせてしまったらしい。

「……まあ、作法の方は合格でしたわよ」

「あ、ありがとうございます」

王妃様はつん、と顎を上げて完全に向こうを向いてしまった。心なしか頬も赤い。

気まずい……もう帰りたい……。私は声に出ないようにお菓子を何個も口につっこんでそう思った。

その時、視界の上の方で何かが動いたような気がした。先ほどとは違う、強い殺気。

見上げるよりも先に、私は王妃様の頭を胸に抱え、思い切りテーブルを蹴り倒した。ケーキスタンドやティーカップが音を立てて割れ、侍女たちの悲鳴が上がる。王妃様を抱きしめかばいながら、テーブルの陰に隠れた。

風を切る音。

弓矢だ。

すぐにドガッ、ドガッ、と二回音がし、侍女たちが先ほどよりも更に大きな声で悲鳴を上げた。

騎士たちの叫び声や走る音が聞こえ、途端に辺りは騒がしくなった。近づいて来た騎士に腰の抜けた王妃様を引き渡し、私はスカートについた土を払いながら立ち上がった。倒したテーブルの天板には、やはり大きな矢が二本突き刺さっていた。しかし矢は柔らかく殺傷能力の低い物で、角度的にも私たちではなく地面を狙っていたようだ。矢の飛んできた方向を確認すると、大きな木に隠された窓があった。王城内から狙ったのであれば犯人はすぐに捕まるはずだ。

「王妃様、大丈夫ですか？　お怪我はありませんか」

王妃様は地面にぺたりと座ったまま、両手で顔を覆って震えていた。私と王妃様どちらが狙われたのかわからないが、突然こんな目に遭って平気でいられるはずがない。どれだけ怖かったことだろう。

「王妃様、もう大丈夫です。安心してください。お部屋に戻りましょう。立てますか？」

「……無理……もう、無理…………！」

「王妃様？」

王妃様は騎士が差し出した手をぱしりと払い、顔を上げた。

「んもう、何なの！　ミミちゃん超かっこいい!!　もう無理！　好きすぎる!!」

「え」

両手を地面に叩きつけて王妃様が叫んだ。初めて聞く完璧淑女の大声に、たくさんの人たちが走り回っていた中庭はしんと静まりかえった。

「ちょっと、見た!?　テーブルを蹴り上げた時の激しくもあり機敏で優雅な動き。ああー！　カシャーリ男爵の騎士を倒したところも見たかった!!　どうして、レナートばかりっ」

私がぽかんとしていると、さらに王妃様はばしばしと地面を叩きながら言った。

「お、王妃様？　お手が汚れてしまいますわ」

「ミミちゃんの勇猛さを伝えるためなら、わたくしの手くらいどうだっていいのです!!」

「騎士様、王妃様が動転されているわ。早く医務室へ」

「は」

呆然としていた騎士が我に返り、王妃様を抱き上げて医局のある棟へ走った。大勢の騎士と侍女たちに囲まれた王妃様は、ミミちゃん今日は泊まっていって〜〜！　という叫び声を残して見えなくなっていった。

庭に残った私たちは、しばらくの間誰も言葉を発せず気まずい時間を過ごした。

割れた食器を片付けている侍女の足元にしゃがみ、私は地面に落ちたお菓子を数えていた。

「マリーア様、何をなさっているのですか」

「後で牢に行って、ダメになったお菓子の数だけ犯人を蹴ってこようと思っ……あっ、あああ──」

いつの間にか後ろに立っていたライモンドに、私は制服の襟首をつかまれレナートの執務室に連行された。

＊＊＊＊＊

レナートの執務室でマリーアは近衛騎士から詳しく事情聴取された。身振り手振りを交え、マリーアは時に騎士を感心させ、時に爆笑をかっさらって話した。最終的には団長がマリーアを騎士団にスカウトし始めたので、騎士たちはレナートに追い出され聴取は終わった。

「マリーア様、本当にお怪我はないのですね」

「ええ、この通り」

ライモンドはちっとも心配していなそうな顔で尋ねた。それにマリーアが両腕をブンブンと振って見せる。

「母を守ってくれてありがとう、ミミ」

「いえ、私は何も。王城のテーブルが頑丈だったおかげです」

マリーアはけろりと答えた。レナートは目を細めながらマリーアの頬を撫でた。

そして、そのまま両手でマリーアの頭を押さえ、食い入るように顔を覗《のぞ》き込んだ。

「殿下!?」

次にレナートはマリーアの首や肩をくまなく凝視し、両腕を上げたりひねったりして全身を確認した。

「怪我したことに気付いていないのではないかと心配なのだ」

「やだあ、殿下の心配性ー」

口に手をあてて笑うマリーアはとても嬉しそうだ。

「危ないから今日は王城に泊まっていくと良い」

「そんな、突然お邪魔しちゃ悪いです」

友人の家に泊まるんじゃないんだから。王城にはいつでも賓客が泊まれるようになっているというのに。ライモンドは思わず笑ってしまった。

「殿下。王妃様はまだ落ち着いていらっしゃらないですし、今日はイレネオ様も王城にお泊まりの日です。マリーア様はお帰りになったほうが安全かもしれません」

「ふむ、確かにそうかもしれない。母上にも困ったものだ」

結局のところ、王妃はマリーアを嫌ってなどいなかった。強くて心の声を漏らしてしまうマリーアに実は興味津々だった。決して感情を露《あら》わにしない王妃というイメージを守るためにそれを必死で我慢していたらしい。

「じゃあ、もう暗くなってしまうので、私は帰りますね。にっ、二回も殿下にお会いできて、嬉しかったです」

「……！　ミミ！　やっぱり今日は泊ま」

「馬車を用意しろ。護衛もいつもより多めに！」

ライモンドが指示すると、扉の向こうで数人の人が動く気配がした。すぐさま迎えの騎士たちがやってきて、マリーアは前後左右を屈強な騎士に囲まれ笑顔で帰って行った。

「……」

「拗ねないでください、殿下」

「…………」

「まだ正式な婚約前なんですからね！」

ため息をついて窓辺に立ったレナートは、窓に映ったライモンドをじろりと睨む。その表情は、ライモンドでも初めて見るものだった。

本当に、レナート殿下は表情が豊かになった。

ライモンドとレナートは子供の頃からの付き合いだ。こんな表情もできたのか、とライモンドは感心した。

「それで、ミミはやはりあのルートでムーロ王国に帰るのか？」

レナートは腕を組み、いつもの眉間にしわを寄せた厳しい表情に戻っていた。外を眺めたまま、窓に寄りかかる。

「はい。あの村を通るルートが最短ですし、そもそも他には道がありませんので。正直なところ、彼女なら何か突破口を開いてくれるのではないか、と期待しているところもございます」

「確かにミミなら、と訳もなく期待してしまうな」

「今のところ期待以上です。殿下を狙ってきた刺客を二回倒しておりますし」

「……」

「おかげでレナート殿下の護衛の人数を減らすことができます」

「減らしてもいいが、その分アメーティス公爵家への警備を増やしてくれ。それから、ミミの口にする物の毒物などにも気を付けてほしい」

「かしこまりました」

レナートは目を瞑《つむ》り、考え込むように口を閉じた。

「ご安心ください。マリーア様は拾い食いはしない、とアイーダ様から報告を受けております」

「とうとう私も心の声が聞こえるようになったか……！」

「なんで嬉しそうなんですか。あなたの考えることくらいわかりますよ、何年一緒にいると思ってるんですか」

そうだな、とレナートは満足そうに笑った。

ムーロ王国へ

帰国する当日、私はいつも通り庭で早朝の鍛錬《たいそう》をしていた。

朝露に濡れた芝生の上で体を動かすのは気分が良い。思い切り蹴りを入れた時など、風圧で飛んだ露が朝日にキラキラと輝いてとてもきれいだ。いつかアイーダにも見せてあげたいと思っているのだが、彼女はまだ眠っている時間だ。

ひと通りの準備体操と筋トレを終え、私はこちらに向いたガゼボを振り返った。

「レナート殿下、今日は何番がいいですか」

そこではレナートが長い足を組み、私を眺めていた。こんな朝っぱらからでも、王子様は隙のない気品と色気でほほ笑んでいる。

「そうだな、30番台にしようか」

「わかりました！」

80まである、我がアンノヴァアッツィ武術の型を私はレナートに披露した。
30、31、32、33、34……

「35！」

私は左足を引き、体を反転させる。

レナートの真剣な視線を感じながら、私は動き続けた。
36、37……
「38！」

左足を大きく踏み込み右手のパンチを繰り出した。その後も39まで続け、私は再びレナートに振り返った。彼はとても楽しそうに拍手していた。

レナートはたまにこうして私の早朝の鍛錬《たいそう》の見学に来ることがあった。最低限の人数だけを連れ、こっそりとやって来る。公爵たちは気付いてはいるが、見て見ぬふりをしてくれているのだった。

何を気に入ったのか、毎回私が披露する型をいつもうっとりと眺めては帰っていくのだ。

「38番目はとてもかっこいいな」

「ええ、あれは右足から左足への重心の移動のタイミングと右ストレートを打った時に左手を引くのがポイントです。右足の踵は浮かせるんですよ。そして」

「落ち着いて、ミミ」

レナートはタオルで私の額の汗を優しくぬぐってくれた。今度は私がレナートにうっとりする番だ。

「40番台と60番台はまだ見せてもらえないのか」

「ええ、どちらも門外不出の秘技ですから。いくら殿下でもお見せできません。我が家でもそれを知っているのは父と私だけです」

「なんと！　習得しているのはこの世に二人しかいないのか」

「ええ、特に40番台は最後に習いますので」

武術とは奥が深いものだな、とつぶやきながらレナートは感心したように頷いていた。誰にも言わないからちょっとだけ見せて！　とか言わないレナートは潔くて男らしい。

「今日ムーロ王国へ出発か。さみしくなるな」

「すぐ帰ってきますから」

レナートは汗だくの私を抱きしめた。高級なクラバットを汚してしまいそうで、私は思わずのけぞった。

「一泊しかしないですし」

「でも、往復で六日かかる」

結局、レナートは実家に泊まるのは一泊しか許してくれなかった。狭量すぎる、とライモンドが言ってくれたのだが、日程が変更されることはなかった。正直私の実家はうるさいので、一泊でも十分かな、と思っている。

「私がいない間に殿下が襲われないか心配です」

「普通は逆なのだがな」

「私なら大丈夫です。きっと何とかなります」

ふ、とレナートは少し吹き出して笑った。とても可愛い笑顔なのだから、もっとみんなの前でも笑えばいいのに、と思う。

「あなたがそう言うと、本当に何とかなる気がするね」

レナートはそう言い、私の頬を両手でむにむにと思う存分揉《も》んでから、さわやかに帰って行った。


「では行って参ります。おじ様、馬車お借りします」

「ああ、気を付けて。お父上に宜《よろ》しく」

「行ってらっしゃい、ミミ。気を付けてね」

アメーティス公爵、アイーダ、そしてアイーダの兄に見送られ、私は公爵家の馬車で自国のムーロ王国へ向かった。王都を出てから二泊かけて国境近くの街まで行き、三日目の朝にアンノヴァッツィ家の馬車が迎えに来た。ここからはこちらの馬車に乗り換え、いよいよムーロ王国へ入る。ムーロ王国でもう一泊してから実家へ到着する予定だ。久しぶりに会う我が家の御者のマッキオと従者のゴッフレードは全く変わりがなく元気そうでほっとした。

「お嬢様もお変わりなくて安心しました」

マッキオの隣に座るゴッフレードが御者台につながる小さな窓から話しかけてくる。彼は私が子供の頃から我が家に仕えてくれていて、たまに一緒に鍛錬していた仲だ。私は先ほど休憩した公園の木から失敬したぶどうを食べながら答えた。

「家の皆も変わらないかしら」

「はい。家を出たお嬢様たちもお揃いでお待ちですよ」

「うるさそうだわ」

「そうおっしゃらずに……おや、お嬢様そのままで」

ゴッフレードがまるでグローブのようなごつい手で器用に窓を閉めた。私は言いつけを守らずに窓から外を確認した。ずっと先の方で砂ぼこりが起きており、数人の男の叫び声と馬のいななく声が聞こえた。

「お嬢様、賊が荷馬車を襲っているようです。どうします」

「仕方ないわね、私たちで何とかなりそう？」

「お嬢様は中にいてくださいね」

ムーロ王国に帰るにはこの道を通るしかないのだ。引き返すわけにはいかない。馬車を道の端に停《と》めると、マッキオとゴッフレードが襲われている荷馬車の救出に向かった。見たところ賊は三、四人だったからあの二人で何とかなるだろう。私はひとりぶどうを食べて待っていることにした。

「ぶどうの皮どうしよう。外に捨ててもいいかしら。自然に還るものだからいいわよね」

両手が塞がっているので蹴って馬車の扉を開けると、ガコン、と何かが激しく当たる音がした。

慌てて見ると地面にスキンヘッドの男が倒れていた。

「やだあ、そんなつもりじゃなかったの！　ごめんね」

隠れていた賊の一人がこちらの馬車の荷物を盗もうとしていたらしい。私が開けた扉に頭をぶつけて気絶してしまったようだ。頬を叩いても起きないので、仕方なく男の足を持ち引きずってゴッフレードたちの方へ歩いて行った。

「ねえ、こっちにも一人いたわよ」

「お嬢様、中にいてくださいって言ったのに」

「っ、貴様！　そいつに何をした!!」

「それがのっぴきならない事故が起きまして」

いかにも人相の悪い痩せた賊の一人が走って来て、私を突き飛ばそうと腕を伸ばしてきた。私はそれをするりとかわし、ショートブーツのつま先で相手の向こう脛《ずね》をこつんと蹴ってやった。賊は叫び声を上げながら膝を抱えてのたうち回る。

「そこはベン・ケーイの泣き所って言う急所でね、昔々、ベン・ケーイという体中に矢の刺さった男がいて」

「おかしいだろ！　何ですでに刺さってんだよ!!」

「おい！　お前ら！　こいつら頭がおかしいぞ！　ずらかるぞ!!」

痩せた男が足を引きずりながらスキンヘッドを背負って逃げ出した。賊はたくさんの荷を積んだ荷馬車に次々に乗り、激しく馬を叩いて逃げてゆく。奴らの本業は賊ではなく、荷を運ぶ仕事のついでに手ごろな馬車を襲って盗みを働く小悪党なのだろう。積んでいた荷はちゃんとした商品のように見えた。

「ねえ、あいつらと何を話していたの？」

「盗みを止《や》めないと殴るぞ、と脅していました」

「……あんた、交渉下手ね」

「まあまあ、全員無事だったんですから」

ゴッフレードと立ち話をしていると、襲われていた荷馬車の御者がおそるおそるこちらの様子を窺っていた。使用人ではあるが、良い身なりをしている。きっと貴族の荷物を運んでいるのだろう。

「あのう、ありがとうございました。助かりました。おかげで荷物も全部無事です」

「災難だったわね。王都の貴族の方に仕えてらっしゃるんでしょう。今度はちゃんと護衛を付けてもらったほうがいいわ」

「はい。ここは安全な道だったのですが、最近賊が出始めまして……」

「ふうん、きっとあいつらね。でもしばらくは大人しくするんじゃないかしら」

賊に壊された荷馬車の車輪を直していたマッキオが手を挙げた。

「ゆっくり走れば次の街までは行けると思います」

「何から何までありがとうございました。必ずお礼をいたします。お名前をどうか」

私たちは顔を見合わせた。アメーティス公爵家の御者たちから、決して面倒ごとに首を突っ込まないように、と釘を刺されていたことを今頃思い出したのだ。

「「名乗るほどの者ではございません」」

襲われた御者は何度も頭を下げてゆっくりと王都に向けて荷馬車を走らせて行った。

予定外の出来事に時間を取られたので予定が狂ってしまった。馬車は少しだけスピードを上げていた。次々と流れていく窓の風景を眺めていたら、木々の生い茂る林を抜け、のどかな農村風景が見えてきた。

そういえばこの国に来る時もこの村を通ったわね。

ぶどうの残りを食べながらふと思い出した。たった半年ほど前のことなのに、とても昔のことのように感じる。故郷ではよく食べていたこの赤いぶどうですらも、懐かしい。学園でできた友人、全種目に参加した体育祭、そしてレナートとの出会い。短い期間にいろいろあったな、と感慨に耽《ふけ》っていたら、馬車が急に止まった。私は前につんのめって座席に頭をぶつけそうになったので、うっかり受け身を取ったら持っていたぶどうの皮が床に散らばった。

「どうしたの？」

「すみません、お嬢様。……それが」

外を見ると、村人たち十人ほどが馬車に向かって走ってきていた。うおー、と言う雄叫《おたけ》びと共に鍬《くわ》やスコップを持ち上げている。

「えええー！　今度は何なの!?」

戸惑いながら馬車を降りたゴッフレードが、振り上げられた鍬の柄を難なく受け止めた。背が高くごついゴッフレードに見下ろされ、村人はそれだけで腰が抜けて地面にへたり込んだ。

「どうなさったのですか、あなたたちは一体……」

ゴッフレードが訊《たず》ねると、村人たちは一斉に土下座した。

「!?」

「申し訳ありません!!　貴族様！　どうか私たちを捕らえて王城へ連行してください!!」

「お願いします!!」

「お願いします!!」

「おねげえしますだ！」

ゴッフレードが困っているので、仕方なく私も馬車を降りた。

「おお、これは貴族のお姫様だ」

「間違いない、姫様だ」

「お願いします、姫様」

「こら、まちげえね、姫様だっぺや」

私の姿を見た村人たちは、土下座したまま嬉しそうに声を弾ませた。彼らが手にしていた武器は、使い古されてはいるがきちんと手入れされている現役の農機具だ。本気で私たちを襲おうとしたわけではないのがすぐにわかる。

「話くらいは聞いてあげるから、頭をお上げなさいな」

「優しい姫様だ」

「これはいけるかもしれない」

「話を聞いてもらえるぞ」

「オラたつ、えんらいツイてんどぉ」

「一人ものすごく訛《なま》ってる奴いるな」

堪えきれずにゴッフレードがツッコんだ。村人たちは全員きょとんとしていて、その意味がわからないようだ。

「……あのねえ、どんな理由があるのか知らないけど、襲うんだったら相手を選びなさいよ。こんなムッキムキの御者の乗った馬車襲っちゃだめよ」

全員がぽかんとマッキオを見上げ、すぐさま青ざめた。

マッキオは丸太のような腕をした筋肉ムキムキの大男なのだ。彼を乗せて走らなければならないので、我が家にはとても大きな軍馬しかいない。

「申し訳ありませんでした、ここでは何ですから村に寄ってくださいすぐそこなので」

比較的まともそうな中年の村人が馬車を村へ誘導する。村の入り口には簡素な柵があり、ナヴァーロ村、と書かれた標識があった。馬車を降りるとふわりと果物のような甘い香りがした。入り口から村の中心部に向けては細長い花壇が作られており、花の香りがしないのは不思議だなと思った。

「いい香りのする村ね。何を植えているのかしら」

「はは、びっくりしますよ。ちょっと見てみますか？」

村人が花壇の向こうの畑から作物の葉を引きちぎって持ってきた。

「どうぞ。嗅いでみてください」

「ありがと……くっさ!!」

手渡された青々とした葉を鼻に近づけると、鼻腔《びこう》をつらぬく刺激的な臭いがした。

「あはは、臭いでしょう。ナヴァーロ村は、この作物を育て葉を収穫しています。乾かして砕いて香辛料にするのですよ。この辺りは気候も土地も悪く、こんな物しか生えないのです」

「そ、そう。でも村は良い香りがしたのに」

私が涙目でそう言うと、村人は今度は足元の花壇の花を一輪摘んだ。

「この花とその葉を一緒に嗅いでみてください」

「一緒に？　あっ、これよ。村に入った時に嗅いだ香り」

「ええ、理由はわからないのですが、花と一緒に嗅ぐと柑橘系の香りになるのです。我々も毎日臭いのは勘弁なので、花を植えてごまかしているのです」

「へえ、面白いわね」

私は後ろを歩くマッキオとゴッフレードに葉と花を渡した。二人は代わる代わる匂いを嗅ぎ、くさっ、とか、これ好きな香りかも、とか言っている。

ベンチのある木陰にハンカチを置き、村人が私に座るよう勧めてきた。言われるがまま座ると、村人たちが次々に私の足元に跪《ひざまず》いた。

「実は、うちの村長の娘が誘拐されたのです」

「誘拐!?」

「はい。おととい急に姿が見えなくなり、領主様のお屋敷に何度も行っているのですが、なぜか門前払いで取り合ってもらえないのです。早く警備隊なり騎士団なりに連絡をしてもらいたいのですが、領主様が動いてくれないことには……我々が直接王城に行ったところで、相手にもされないでしょうし」

そりゃあ領主が誘拐犯なんでしょ、と思ったが、証拠もないのに貴族の悪口を言うわけにもいかない。ゴッフレードもちらりとこちらを見た。彼も同じことを思っているのだろう。

「ここの領主さまってどなた?」

「ナルディ伯爵様です」

「ふうん。お会いしたことはないわねえ。……それで、貴族の馬車を襲って逮捕されて王城へ入り込もうって思ったわけね。逮捕されれば警備隊と直接話せるものね」

「はい、……申し訳ありません。でも、わしらはこうするしか……」

「もう!　どうしてこの国の人は捨て身の作戦しか考え付かないのよ!」

レナートといい村人といい、他人のために自分の身を犠牲にしたがるって、何なのこの国民性。

私はため息をついて、立ち上がった。

「この先に車輪の壊れた貴族の荷馬車がいるわ。急げば追いつけるはずよ。車輪を直す道具ぐらい村にあるでしょう。恩を売ってその貴族に王城へ連れて行ってもらいなさい」

村人たちは私の言葉を聞き洩らさないように、目を見開いて聞いている。私はスカートのポケットからハンカチを取り出し、一番前にいる村人に手渡した。ハンカチには私の名前が刺繍されている。

「王城に行ったら、ライモンドという王太子の側近がいるから、彼にこのハンカチを見せて訴えなさい。茶色い短髪のいけ好かない男だけど、仕事は早いから」

「ひ、姫様！」

「ありがとうございます！」

「ありがてぇことだんべぇ」

「王太子様のお知り合いなんですか」

「おい、急いで修理道具持ってこい！」

「わだすら、やっぱツイてんどぉ」

「訛り一人増えたな」

またツッコんだゴッフレードを手で制して、私は地面に膝をついて村人と視線を合わせた。

「いい？　もうあんな無茶なことしちゃだめよ。正しいことはきちんと正しく訴えなさい。世の中悪い人ばかりじゃないんだから」

修理道具とハンカチを持った若者たちは既に村を出ていた。多分三十分もしないで荷馬車に追いつけるだろう。

賊と村人でずいぶんと足止めをくらってしまった。私たちは残った村人たちに見送られ、村を出た。ちなみにぶどうの皮は村で処分してもらった。コンポストに入れて堆肥にしてくれるらしい。

「お嬢様、急ぎますから揺れますよ。明るいうちに国境を越えたいので」

マッキオが太い腕に力こぶを作ってそう言うと、身構える前に馬車が跳ねた。そこからはしばらく馬車はかなり揺れた。文句を言ったって仕方がない。私は修行の一環と思い、車内で片足で立ちバランスを取る訓練をした。

日が暮れる直前に国境を越えることができた。

宿に入り食事を取った後は、部屋でのんびりとしていた。簡素な宿屋なので風呂は共同だった。一緒になったおばさんの背中を流してあげたら、お礼に脱衣室で足のマッサージをしてくれた。それがものすごく痛くて、私の悲鳴が二階の部屋まで響いていたらしいが、マッキオもゴッフレードも助けに来なかった。これ絶対明日、揉み返しがくる……！

おばさんに奢ってもらったホットミルクを飲みながら、私はひとり部屋の窓から夜空を眺めていた。

これはムーロ王国の空。同じ月なのに、ルビーニ王国よりも色も濃く大きく見えた。

レナートも同じ月を見上げているかしら。

自分で思っておいて、自分で照れた。

いやいやいや、アイーダやプラチドたちの上にも同じ月が昇っているから。

私はぶんぶんと首を振って息を吐いた。カップの湯気が揺れ、窓がくもった。人差し指でレナートの名前の綴《つづ》りをなぞってみるが、部屋が暖かいのですぐに途中で消えてしまった。もう一度息を吐き、名前を綴ったがまたすぐに消えた。

意地になって息を吐いては綴り、吐いては綴りを繰り返しているうちに、あまり磨かれていない安宿の窓に指の跡が残ってしまった。

「わああ、こんなところに王太子様の名前を！」

慌てて消そうと服の袖を当てたが、何だか名残惜《なごりお》しく、そのままにしておいた。カーテンも開けたままでいいか。私の部屋なんて誰も見ないでしょ。

今日はもう寝よう。私は久しぶりの狭いベッドに横になった。部屋の灯《あか》りを消せば、月明かりで窓のレナートの文字がうっすら浮かび上がった。

早くルビーニ王国に帰りたいな。

まだ実家に帰っていないのにそんなことを思う自分がおかしくって、枕に顔を押し付けて、えへへへ、と笑い、そのまま眠ってしまった。

ベッドが固かったからかもしれない。昔の夢を見た。


私は物心ついた時には、既に姉たちとは違う教育を受けていた。

姉たちももちろん子供の頃から武術を学んできたが、私は姉たちよりもひときわ筋が良かったそうだ。師範たちが集まり、この子はこのまま英才教育を受けさせた方がいい、と相談し、私だけがそのまま武術の練習を続けることになった。跡継ぎ候補から外れた姉たちはすぐに淑女教育が始まり、公爵令嬢らしく年頃になったらあっという間に婚約者が決まった。

ずっと家庭教師と勉強していた私は、中等部から貴族向けの学校に通い始めた。そこで出会った令嬢たちの淑やかさを見て、自分ががさつだということに初めて気付いたがもう遅かった。既に校舎の二階の窓から飛び降りたりしていた私は全く男子生徒にはモテず、むしろバレンタインには女子生徒から大量のチョコをもらっていた。

それでも公爵家の跡取りの肩書は強く、数人の婚約者候補はいた。彼らは親から強制されて私に優しくしてくれていたのはバレバレだったけれど、きっとこのうちの誰かと結婚するんだろうな、とは思っていた。

そんな時だった。

母が身籠った。年齢からすると最後の子になるだろう。

私は単純なので何も考えずに弟か妹ができるのを楽しみにしていた。今思えば姉たちは何か言いたそうな素振りはしていたが、結局何も言わなかった。

五人も産んだ母の出産は慣れたもので、陣痛が来たと思ったら数時間で生まれた。私と姉たちが部屋に駆けつけると、満面の笑みで赤ん坊を高く掲げた父が叫んだ。

「跡取りが生まれたぞー!」

父はすぐさま姉たちにボコボコにされ、しばらくの間部屋の隅に転がっていた。

生まれたばかりの弟は、赤ん坊というだけあって真っ赤な顔をしていた。小枝のような細い指一本一本にきちんと小さな爪が生えているのに感心して、私は瞬きも忘れてベビーベッドにしがみついていた。

「ミミは赤ちゃん抱いたことがないでしょう」

そう言って母が、ふにゃふにゃの弟を手渡してきた。つぶさないように落とさないように必死で、その感触はあまり覚えていない。おそるおそる指で頬を撫でると、弟はまぶたをぴくりと動かした。

「私が、ずっと守ってあげるからね」

私がそう言うと、姉たちがほっとした表情をした。

父にも師範たちにも土下座され、私は公爵家の跡取りから解放された。この国では女性が爵位を継ぐことができるのは男児がいない場合だけなのだから、当然だ。

それに、私は実は跡取りではなくなって嬉しかった。ずっと思っていたのだ。

学校で出会った令嬢たちのように、私も守られたい!!

彼女たちは躓《つまず》けば手を差し出され、どんな小さなものであろうと荷物があれば持ってもらえる。顔色の微妙な違いに気付かれ、髪型を変えたら心境を察してもらえる。

私だって帰り道を心配されたいのだ。また明日な、と背中をばしりと叩かれる下校はもうたくさんだ。

これからは遅れて淑女教育も受ける。そうすれば私も姉たちのようにすぐに婚約者が決まる……と思っていた。

公爵家の跡取りという肩書がなくなると、かろうじていた数人の婚約者候補もいなくなった。この小さなムーロ王国内で新しい出会いを求めようとも、公爵家に見合う家柄の子息たちは姉と結婚してしまったし、下級貴族では公爵家にはおいそれとは近づけない。詰んだ。

一応、私に負い目のある父が、ルビーニ王国のアイーダの父に私の居候をお願いしてくれた。ルビーニ王国くらいの大国であれば、小国の若干元気の良い公爵令嬢に引っかかってくれる貴族もいるかもしれない、と。

そうして、私はルビーニ王国に留学することになり、淑女の理想、アイーダのそばで暴力とは縁のない可愛らしい令嬢になりきっていた。しかし、その矢先に……

――貴女との婚約を破棄させてもらう。

「……っふあぁぁ!!」

私はがばっと飛び起きた。

今でも耳に残っている、レナートの婚約破棄の言葉。自分に向けられた言葉ではなかったとしても、もう二度と聞きたくない。

私はとびきり冷たい水で顔を洗い、身支度を整えた。

「おはようございます、お嬢様」

「おはよう」

馬車に荷物を積んでいたゴッフレードが振り向いた。

「今朝、何か叫んでませんでした？」

「慣れないところで寝たせいか、嫌な夢を見ちゃったわ」

「街で朝食を食べてから出ましょう。今日の夕方までには家に着きますから、それまで馬車で寝たらいいですよ」

「そうするわ」

私たちは歩いて朝市へ行き、新鮮な野菜と卵のサンドイッチを食べた。

「このソース久しぶりだわ」

「ルビーニ王国とは違いますか？」

「そうね、あちらはもっと薄味かしら」

「あちらって。お嬢様はもうすぐあちらの方になるんですから」

マッキオとゴッフレードが笑った。

そうか、私はルビーニ王国民になるのか。まださっぱり実感がないけど。王族の結婚ってどれくらい時間をかけるのかしら。まさか私の王太子妃教育が終わるまでなんて言わないわよね……!?


マッキオは相変わらず私に遠慮することなく馬車を爆走させ、予定より早く我が家に到着した。

「ねえ、門に入ったら止まってくれる？　久しぶりだから歩いて行くわ」

小窓を叩けば、マッキオが「かしこまりました」と応える。

馬車を降り、長旅のお礼に馬の鼻先をひと撫でした。そのまま玄関ではなく屋敷の裏の練習場に向かった。ここでは弟子たちが日々鍛錬に励んでいる。

練習場の入り口からこっそり中を窺うと、五十名ほどの弟子たちがランニングしていた。かなり遠いのだが、ドレスを着てここへ来るのは私くらいなのですぐにバレた。全員が一斉に歓声を上げ、手を振ってくれた。

半年前まで私も一緒に走っていたのになあ。

家を出た時よりも緑の濃くなった木々を眺めながら、ゆっくりと歩いて玄関に向かった。生まれた時からずっと住んでいたはずの屋敷を見上げると、その高さは首を反るほどだった。

こんなに大きくて広かったかしら。

すっかりアメーティス公爵家の豪奢な屋敷に慣れてしまったのか、自分の生まれ育った家が他人の家のように感じた。

玄関前で待っていてくれた使用人たちに挨拶をし、重い玄関扉をくぐると、一番に母の笑顔が見えた。その横には四人の姉たちと弟が立っていた。姉たちの髪にはひとりひとりデザインは違うが、四つの円が連なる髪飾りが付けられている。結婚した姉の髪にも付けられているのを見て、私は嬉しくなった。

「ミミ姉様！」

「テオ！」

私の顔を見るなり飛び込んで来た弟のテオドリーコを両手で受け止める。小さくて華奢だった体はずいぶんと重くなっていた。背も伸びた気がする。しかし、私を見上げる笑顔は全く変わっていない。姉弟《きょうだい》の中で一人だけの赤茶色の髪をがしがしと撫でてやると、嬉しそうに目を細めた。

「お前……なぜすぐに屋敷に入って来なかった……」

どこかから地を這うような低い声がして、見上げれば扉のすぐ隣で恐ろしい顔をした父が立っていた。それを見た母が口に手をあてて笑う。

「お父さんたらミミを驚かせようと隠れてたら、荷物持って入ってきたマッキオをミミと間違えて抱き上げちゃったのよ」

「せめて持ち上げる前に気付いてほしかったわ」

「抱き合ったお父さんとマッキオが真顔でしばらく睨み合ってて……久しぶりにあんなに笑ったわ」

姉たちも声を上げて笑い出した。話の内容がわかっていないテオドリーコもつられて笑っている。彫りの深い目元に暗い影を作って、父だけが背後に怒りの炎をメラメラと燃やしていた。

「ごめんね、やっぱり練習場を先に見に行っちゃったの」

「さすが我が娘マリーア！　まず弟子の様子を見に行くとは！」

急に機嫌の良くなった父が背中をばしんと叩いた。居間の方からは紅茶の良い香りがしてきて、急に旅の疲れを思い出したような感じがする。

「ミミ、まず言うべきことがあるんじゃない？」

テオドリーコと手をつないで居間に行こうとした私の腕を引っ張って、二番目の姉ニーナが言った。そうだったわ、と私は振り返って皆の顔を見回した。

「みんな、ただいま」

家族全員が集まっての昼食は久しぶりだった。上の姉二人は既に結婚して家を出ていたので、ある程度の理由がなければこうして勢ぞろいすることなどここ数年なかったのだ。

「ねえ、母さん、見て！　ミミが足を閉じて座っているわ」

「まあ、本当だわ。こんな日が来るなんて」

三番目の姉サンドラと母が涙ぐんでいる。もちろん嘘泣《うそな》きだ。

「それにしても、ミミがまさかルビーニ王国の王太子様捕まえてくるとはねえ」

四番目の姉ジョンナが大きなパイを切り分けながら言った。

「私もまだ信じられないわ。だから、ニーナ姉さんの話をしっかり聞いて帰ろうと思って」

「ムーロ王国とルビーニ王国では規模が違い過ぎて参考にならないわよ」

なんとニーナはこのムーロ王国の王太子妃だ。誘拐されそうになった王太子をニーナが救ったのを馴れ初めに結婚した。二人はとても仲睦《なかむつ》まじく暮らしている。

「ねえ、ミミ姉様、庭で遊ぼう」

「いいわよ、お皿のお肉を全部食べてからね」

「ん！」

私のドレスの袖をそっと引っ張っていたテオドリーコは、ふくふくとした頬《ほ》っぺたをピンク色にして大きく頷いた。早く遊びたくて大きな肉にかぶりついて、母に怒られている。

「そうだ、姉さんたちと母さんには、アイーダおススメの香油とせっけんをたくさん買って来たわ。父さんには万年筆とタイピン。使用人の皆にもルビーニ王国の王都でいろいろ買って来たから皆で分けてちょうだい」

背後で侍女たちがきゃあ、と声を上げる。田舎のムーロ王国では売っていない日用品が、ルビーニ王国では売っている。とても品質が良くお値段もそれなりにするので、おみやげとしてとても喜ばれるのだ。

　そうしているうちに、テオドリーコが口に頬張っていた肉を水で流し込んだ。

「全部食べた！」

「えらいわねえ、テオ。じゃあ、行こうか」

　私はテオドリーコを抱き上げて椅子から降ろしてあげた。すぐに伸ばしてくる小さな手が可愛い。

私たちは手をつないで部屋を出た。

　庭に出ると、テオドリーコは我慢できずに私の手を振りほどいて走って行ってしまう。我が家の庭は見渡す限り続く広大な草原になっているので、いくら走り回っても姿が見えなくなることはない。

「姉様ーこっちだよー」

「はいはい」

　私はショートブーツの紐をしっかり結び直して全力でテオドリーコを追いかけた。本気で走れば三歳児になんてすぐに追いつくことができる。捕まえた、と抱き上げれば、きゃあ、と悲鳴を上げて喜ぶ。

「姉様、今日は一緒に寝てくれるでしょう？」

「そうね、いいわよ」

「やったあ、楽しみ！」

テオドリーコは私の変顔数え歌が大好きなのだ。毎晩せがまれていた数え歌でレナートを落としただなんて、絶対誰にも知られたくない。決して言わないようにレナートに口止めをしなければ……！

芝生に座って一緒にストレッチをしていると、楽しそうにしていたテオドリーコが急に悲しそうな顔をした。

「あのね、僕、まだじゅうはちの型までしかできないの」

「あら、すごいじゃない」

「ううん、ミミ姉さまは僕と同じ年の頃にはにじゅうごまでできたって」

テオドリーコがしょんぼりとしてうなだれた。誰だ、とりわけ筋の良い私と可愛い三歳児を比べた奴は。一度私が気合入れ直してやらなければ。

「姉様、いいの。僕がんばるから」

「ごめん、聞こえちゃったんだね」

テオドリーコに気を遣わせてしまった。私は何て不出来な姉なのだろう。

「テオは腕も足も太いから、きっとこれからとても大きくなるわね。私よりずっとずっと強くなるわよ」

「本当？　僕大きくなれる？　父様くらい？」

「……そうね、きっと、間違いなく、悲しいほどに」

私は涙が落ちないように空を見上げて遠くを見た。天使のように可愛らしいテオドリーコは、あのごつくて厳《いか》つくて人相の悪い父の子供の頃の絵姿に瓜《うり》二つなのだ。成長するにつれて、少しずつ父のようになっていくのだろう。私はこれほど遺伝と言うものを恨んだことはない。

「レナート殿下のように足が長くなりますようにー」

私は芝生に座るテオドリーコの足を一生懸命さすった。

「れなーとってだあれ？」

「ミミ姉さまの旦那様になる人よー」

「強い？」

「ルビーニ王国で一番偉い人になる人よ」

「わあ、すごーい。きゃはは、くすぐったいよ、姉様」

きゃっきゃと喜ぶテオドリーコが可愛らしくって、足の裏をくすぐったりして戯《じゃ》れているうちに、気が付いたらテオドリーコの両足を持ってジャイアントスイングしていた。

やばい、次期公爵に私は一体何てことを。

テオドリーコは楽しそうに笑っている。止めるなら今だ。そっと地面に下ろすのだ。

「って、うわ――!!」

体勢を変えた瞬間に手がすっぽ抜け、テオドリーコがぴゅーんと空高く飛んで行ってしまった。

きゃー、とテオドリーコの悲鳴が聞こえる。慌てて追いかけるが間に合わない！

「テオ！　13!!」

「はいっ！」

テオドリーコは元気よく返事をすると、空中で一回転してきれいな受け身を取って着地した。

「姉様！　見てた？　じゅうさんの回転受け身、僕できたよ」

「……はあ、はあ、み、見てたわ、ちゃんと。素晴らしい受け身だったわ。良かった……姉様ちょっと疲れたから休ませて」

私はテオドリーコの横にどさりと膝を抱えて座り込んだ。危なかった。弟にとんでもない大怪我を負わせるところだった。

ぽっくり。ぽっくり。

「……ん？」

草をかき分けて進む、まぬけな蹄《ひづめ》の音が近づいてくる。ぽくり、ぽくり。

「やあ、ミミちゃん、ご機嫌よう」

「……バルトロメイ様？　なぜ……」

「ミミちゃんが庭でテオと遊んでるって聞いたから、会いに来たんだ」

「いえ、……なぜ、ロバに乗ってらっしゃるのですか」

「可愛いでしょう。乗りやすいんだよ」

大きな耳のロバに揺られてやって来たのは姉ニーナの夫バルトロメイだった。つまり、ムーロ王国の王太子である。黒髪青目の整った顔つきをしているが、とりわけ美しいというほどでもなく、いわゆる親しみやすい容姿をしている。見た目通り落ち着いていて穏やかな人だ。

駆けてきたテオドリーコが躊躇《ちゅうちょ》せずにロバの鼻先を撫でているところを見ると、いつもロバに乗って我が家を訪れているようだ。

「ロバに乗っていると話しかけやすいようで、通りで街の人々に声をかけてもらえるんだ。民の声が直接聞けるというのはなかなかいいものだね」

「そうですか。でも時間がかかるでしょう」

「ははは。朝、王城を出て今着いたよ」

「ははは。やだ、バルトロメイ様ったらのんびりさん」

私たちは声を上げて笑った。王城から我が家までは馬なら一時間ほどだ。暇なのか。

「テオ、バルトロメイ様がいらっしゃったから、家に戻りましょう」

「うん、ロバに乗ってもいい?」

「いいよ。しっかり摑まるんだよ」

バルトロメイはテオドリーコを抱き上げてロバに乗せた。私たちはその横を並んで歩いた。

「ミミちゃんがまさかレナート殿下と婚約するとは思わなかったよ。ルビーニ王家からの書状が届いた時、アンノヴァッツィ公爵夫妻は、質《たち》の悪いいたずらだ、って言って王城に訴えに来たんだ。本物だって説得するのに、僕の父上も母上も宰相も将軍も薬師も、果ては占い師まで呼んで大変だったんだ」

「私もまだ信じられません。バルトロメイ様はレナート殿下とお会いになったことはあるのですか？」

「もちろん。挨拶程度だけれどね。とても美しくて真面目な方って感じだったな」

「ええ、私なんかよりよっぽど色っぽくて困ってます」

「ははは。でも、ミミちゃんを選ぶあたり、真面目なだけじゃないいんだろうね」

どういう意味!?　私が目を見開いて黙ると、バルトロメイは更に楽しそうに笑った。

確かに私みたいなのを未来の王妃にしようなんて、レナートもおかしいし、それを認めた国もどうかしてる。アイーダの代わりが私に務まると思えない。

「むしろ君の代わりがいないから、選ばれたんじゃないかな」

「心の声にナチュラルに返事するんですね」

「レナート殿下に大切にされてるのがわかるよ」

「えっ。そんな、見た目でわかるほどに変わりましたか？」

「いや、実家には一泊しかしないって聞いたから」

ほらー、心配性だって言われちゃってるじゃない、どうするのよレナート。私は小さくため息をついた。家に近づいてきたので、一応テオの背中についた葉っぱや土を払い、証拠隠滅をしてからロバから降ろした。

家に入ると、応接間で姉たちがお茶を飲んでいた。大きなテーブルに私のおみやげを広げて、ひとつひとつを吟味している。

「合流しておいで。久しぶりでしょう、姉妹水入らずは。おいで、テオ。僕とロバに乗って遊ぼう」

「ロバトルメイ様と遊ぶー」

「テオ、バルトロメイ様よ」

バルトロメイは優しくほほ笑みながらテオドリーコの手を引いて連れて行ってくれた。私は自分でお茶を淹れ、久々の姦《かしま》しいお茶会を楽しんだ。


「さて、聞かせてもらおうか、ミミ」

全員が揃った夕食の席で、父が一度咳《せき》ばらいをしてから低い声で言った。

バルトロメイは今夜は泊まっていくらしい。ロバで帰るにはもう遅い時間になってしまったからだ。彼がいるせいか本日のメニューは晩餐《ばんさん》と呼ぶにふさわしい豪華さだった。

「レナート殿下って素敵な方なんでしょう。楽しみだわあ」

「母さん本気で言ってるの？　私はやだわ。そんな高貴な方にお会いしたらボロがでちゃう」

「何てことしてくれたのよ、ミミ」

「大国の王太子様なんてどうやってもてなしていいのかわからないわ」

「ちょっとちょっと、ここにこの国の王太子様がいらっしゃるのよ」

私があわてて姉たちを止めると、バルトロメイは「僕も何着ようか迷うなぁー」とニコニコしている。私は非常に不安になった。本当にこの家にレナートを呼んで失礼はないのか。父だけが眉をひそめ、無言でパンをひたすらちぎっている。

「殿下はどのようなお方なのだ」

「ザ・完璧王太子」

「ミミより失礼な人は我が家にいないから大丈夫よ」

母が大きな肉を切り分け、テオドリーコと私の皿によそってくれた。ぐうの音も出ない私は肉をちまちまと細かく切って口に放り込んだ。

「そういえばお父さん、レナート殿下のことで相談があるんだけど」

「何っ！　私に相談だと!?」

父が急に慌て始めた。皿の上にはちぎったパンが山積みになっている。

「レナート殿下って、動作が優雅ですごくゆっくりなのに……避《よ》けられないのよ。気が付いたら背後に立っていることもあるわ」

「何ですってっ！　ミミがやすやすと背後を取られるなんて！」

母と姉たちが口に手をあてて顔色を失った。バルトロメイとテオドリーコだけが表情を変えずにおいしそうに食事を続けている。

「……それで？」

テーブルに肘をついて指を組んだ父が、眼光鋭く続きを促した。

「そうねえ、ニコニコしているのに、力が強くて摑まれたら振りほどけないし。あんな人初めて会ったわ」

「……なるほど……」

あーでもないこーでもない、と騒いでいた母と姉たちが、一斉に黙って父の言葉に耳を傾けた。

「動きが非常に緩慢であるというのに隙が全くなく、気付いた時には動きは既に封じられ抵抗する間もなく一瞬で命を奪われてしまう、という、伝説の暗殺者集団がひと昔前にいたと聞いたことがある」

「えっ、まさか殿下が」

室内はしんと静まり返った。給仕していた使用人たちも遠慮して壁際でじっと息をひそめ、私たちの様子を窺っている。焦りから喉が渇いたのか、父はワインをぐっと一気飲みした。

「いや、その暗殺者集団は五十年ほど前に壊滅したと聞いておる。その伝説の技も継承者はおらず既に廃れたと言われていたが……まさか、ルビーニ王国の王太子がその技を……!?」

「落ち着いて、お父さん。自分が何を言ってるのかわかってる？」

「どんな時でも油断は禁物だと言っておるだろう!!　明日、朝一番で国中に散らばった師範たちを呼べ！　レナート殿下を迎え撃つべく対策を練らねばならぬ!!」

「公爵、殿下を撃っちゃだめですよー」

父のグラスにワインを注《つ》ぎながら、バルトロメイが笑顔で言った。

「そうだった、講和条約締結に向けての和平会議だったな」

「婚約前の挨拶にいらっしゃるんですよー」

バルトロメイはそのままの笑顔でくるりと私の方に振り返った。

「こうなると思ったから僕は今日来たんだよ。心配だから君の婚約式にも出席するね」

「バルトロメイ様……お願いします」

私は彼に頭を下げた。父だけはひとり顔を赤くしたり青くしたりと忙しかった。

おっとりしているようでも、やはり王太子。彼がいればレナートが来ても何とかしてくれるだろう、……多分。

＊＊＊＊＊

ライモンドが急いで集めた資料を片手にレナートの執務室に入ってきた。すぐに人払いをし、執務机に資料を並べていく。ソファで本を読んでいたレナートは、慣れた手付きで栞《しおり》を挟みテーブルに置いた。そして、紅茶のカップを片手に立ち上がった。

「あっ……」

「どうされました」

ライモンドが振り返ると、レナートはソファの背もたれに手を載せて立ち止まっていた。

「ソファにぶつかって床に紅茶をこぼしてしまった」

「だから飲みながら歩かないでください、っていつも言ってるでしょう」

「すまない」

「案外マリーア様のおっしゃっていた通り、眼鏡を買った方がいいかもしれませんね。きっと殿下は視力が悪くて物との距離感がつかめていないのでしょう」

「いや、それはしっかり見えているのだ。ただ、避けようと思ってはいるのだが、動きがそれに間に合わないだけで」

「……次期国王がどんくさいとか、絶対に気付かれないようにしてくださいよ……」

「善処はする」

中身をこぼさないように両手でカップを持ったレナートは、慎重に執務机に向かった。ライモンドが布で床を拭いてくれている。

「それで、どうだった」

椅子の背もたれにゆっくりと体を預け、レナートは資料一枚一枚にじっくりと目を通した。

「私に取り次ぎを求めていたのはやはりナヴァーロ村の村人でした。ファルツォーネ伯爵の紹介状と、赤黒い染みのついたマリーア様のハンカチを持っていました」

「染みだと？」

レナートが資料から顔を上げた。ライモンドと目が合ったが、彼は全く表情を変えずに言った。

「血かと思い、すぐさま解析班に回しましたが、ただのぶどうの汁でした」

「ぶどうの汁」

「ぶどう食べてたんでしょうね。口を拭いたハンカチを平気で他人に渡すあたり、マリーア様本人で間違いないかと思われます」

「……」

「村人に聞いたところ、マリーア様が村人にファルツォーネ伯爵を紹介したらしく、伯爵に王城に連れて来てもらい、ハンカチを見せて私に面会を求めるように指示したそうです」

「ミミとファルツォーネ伯爵に接点なんてあっただろうか」

「伯爵が遣いに出した荷馬車が賊に襲われていたところを、マリーア様一行が救出したそうです。その後、村人と出会い、きっかけはよくわかりませんが交流を深めてハンカチを渡した、と」

レナートがこめかみを押さえてため息をついた。それでも資料をめくる手は止めない。

「何もないわけがないとは思っていたが、賊と出会うとは。村人と知り合うきっかけがわからない、とはどういうことだ」

「訛りのひどい者が一人おりまして」

「……そうか……。それで、村人はわざわざ何をしに来たんだ」

レナートが資料をめくる音が人気《ひとけ》のない部屋に響く。村人の用件。彼はちょうどその辺りのページを読んでいるのをライモンドは確認した。

「村長の娘が誘拐されたので騎士団を派遣してほしい、と。領主に訴えてもなぜか取り合ってもらえなかったそうです」

「ナヴァーロ村の領主はナルディ伯爵だったな」

「はい」

資料をめくる手を止めたレナートは、足を組みかえライモンドを見た。

窓の外はすでに日が落ち暗くなっている。王城に残っている者も少ない。

「さすが僕のミミだ。期待通りのことをやってのけてくれる」

「ええ、感服いたしました。とりあえず、これで我々がナヴァーロ村へ行く正当な理由ができました。既に連れて行く人員の確保は済んでおります。明日早朝に出ますので、本日は早めにお部屋にお戻りください」

「そうだな」

レナートは立ち上がり、近くの窓を開けた。夜空には昇ったばかりの色の薄い月が靄《もや》に陰っていた。

今頃ミミもこうして月を見上げているだろうか。

「明後日《あさって》には会えるな」

「夜通し走るおつもりですか!?」

「女性が誘拐されているんだ。急がなければならないだろう」

「……顔がにやけてますよ」

全部お見通しなんですからね、とライモンドがぶつぶつとつぶやきながら部屋を出て行く。レナートはしばらくの間、月が完全に雲に隠れるまで、ひとり夜空を見上げていた。

＊＊＊＊＊

私の帰国を聞きつけ、早朝の練習場には百名ほどの弟子たちが勢ぞろいした。

「おはようございます。お嬢様」

「今日はいつもより集まりましたね」

弟子たちが次々に声をかけてきて、挨拶をするだけで右を見たり左を見たりといい準備体操になった。

私は久しぶりに弟子たちと同じ制服を着て、一緒に早朝練習に参加した。

開襟の軍服を模した我が家の制服は私のお気に入りだった。良く伸びる素材でできているので動きやすく破れにくい。階級で色分けされており、最上級は黒、次いで濃紺、灰、緑、赤と続く。現在黒は父一人。三年前までは私も黒を着ていた。今、私は濃紺を着ている。

膝あての付いたブーツが重く感じた。たった半年でこれほど筋力が落ちたのか、と履きなれたブーツをひと睨みして思う。

素手で戦う我が家の武術は、ある程度距離を取らなければならない剣や槍《やり》が相手となるとやはり不利だ。それでも、騎士や兵士は武器を使えないような狭い場所で敵と戦わねばならない時もある。そういった時のために、弟子入りしてくる者も多い。ムーロ王国の警備隊には、我が家で接近戦を学んだ者たちも多い。

また、師範の資格を取ると弟子を取ることもでき、父から許可を得ると国内で道場を持つことができる。ムーロ王国の各地に点在している道場である程度認められると、我が家で緑の制服から始めることができる。

私は今、その緑に囲まれている。

濃紺に一撃を与えることができれば問答無用で上の階に昇級することができる。たまにこういったイベント的な試合が開催されることがあるが、私が一時帰国したので、急遽《きゅうきょ》非公式で昇級試合が行われることになった。ひとりひとり相手にしている時間はないので、私対緑たちの総当たり戦にした。きちんと昇級試験を受けて緑になった者は、私のことを知っているので参加していない。私を囲んでいるのは、最近地方の道場を卒業してきた新しい緑たちである。

ぐるりと見回せば、見込みのありそうなのは三人と言ったところだろうか。あとは私を女だからとなめてかかっているのが見え見えだった。

たとえ相手が箒《ほうき》であっても真剣に戦う。これを心得ていないのならば、赤からやり直させるべきだ。どこの道場だ、こんな者たちに緑を与えたのは。

「試合、開始！」

額の広すぎる師範が声を上げた。

一斉に飛びかかって来る緑たち。伸びてくる手を払い、ひと際《きわ》体の大きい男の腕を摑んで投げっぱなしの背負い投げをすれば、数人がその下敷きとなりそのまま脱落した。

間髪を容れずに入れられた顔面に向けての蹴りをかわすと、背後にいた一人が左腕を取ってきた。そのまま上半身を回し左足で相手の足を払い、逆に背後から腕を取る。右から飛んできた飛び蹴りを避けて背後の一人と相打ちさせた。腕を取ったままの男を盾にして数発の攻撃をかわし、最後は男の背中をかけ上がって空中からの回し蹴りで三人を同時に倒す。

やはり残ったのは見込みのありそうな三人。それでもそんな動きでは昇級はさせられない。

瞬きする暇も与えない鋭い打撃の連続を全て受け止め、バランスをくずした相手の背中を蹴って、再び高くジャンプした。私の着地を狙ってきた腕に足をからみつけ、勢いよく回転すればそのまま相手は地面に叩きつけられた。

残りの一人が正面から捨て身の右ストレートを打ってくる。すかさず打った私の右の拳の方が相手の頬に早く到着し、そのまま、ぺちり、とビンタした。それでも彼の右手は私の耳を微かにかすった。

「勝負あり！　勝者、マリーア！」

額の広い師範の声が運動場に響くと、歓声が上がった。地面に倒れていた者たちは他の者の肩を借りて既に立ち上がっている。

「耳にあたったわ」

私が正直に告げると、黙って見ていた父がゆっくりと歩いてやってきた。興奮していた弟子たちも、姿勢を正して静まり返る。

「かすったくらいでは昇級はさせられん。だが、次回の昇級試験受験資格は与えよう」

先ほどよりも大きな歓声が上がった。受験資格を得た彼は、仲間に胴上げされている。彼が強かったのか、私が弱くなったのか。

襟元のボタンを開けて息をつけば、日陰の芝生でサンドラ姉さんとテオドリーコが手を振っているのが見えた。

「ミミ姉様、かっこよかった！」

「ありがと。早起きね。いつからいたの？」

汗をかいているので距離を取って話しかけたのだが、テオドリーコは気にせず抱きついてきた。

昨日の晩は、変顔数え歌を20までやってあげたので、爆笑に次ぐ爆笑でテオドリーコは笑い疲れて朝までぐっすりだったのだ。

「緑のお兄ちゃんたちにミミ姉様が囲まれたところから。でも、僕、姉様が勝つってわかってたから、ちゃんとえらい子で応援してたよ」

「テオ！　テオ！　連れて帰りたーい！」

ちなみに、テオの言う『えらい子』とは、行儀よく座っていることを言う。

「テオ、ミミはこれからお風呂に入って支度をしなければならないから、もう戻りましょう」

「えー、僕も遊びたい」

「昨日遊んでもらったでしょう」

テオドリーコは姉に手を引かれ、何度も振り返りながら屋敷に戻って行った。時計を見れば、もう帰り支度を始めなければならない時間だった。

「じゃあ、皆、今日はありがとう。久しぶりに動いて楽しかったわ。これからもがんばってね」

手を上げれば、弟子たち全員が大きく手を振って送り出してくれた。彼らはこの後も厳しい練習が続く。私は既に彼らとは違う道を歩き始めているのだ。

でも、きっとレナートなら許してくれると思う。

彼は私に甘いから、帰省した時には怪我をしない程度になら練習にも参加させてくれるだろう。

今日が最後ではないのだから。

鼻歌を歌いながら風呂に入り、旅行用のワンピースに着替えた。

朝食を食べた後には、この部屋の片付けをする予定だ。ここは次期公爵の部屋。もう幼児ではなくなるテオドリーコにこの部屋を譲るのだ。

家族の食堂へ向かうと、扉の前でテオドリーコがもじもじしながら私を待っていた。

「どうしたの、テオ」

「あのね、男の人は女の人の手を引いてお部屋に入るんだって。だから、僕、姉様をえすこーとしようと思ったの」

「やっぱ、可愛すぎる。本気で連れて帰りたい」

ふらふらと倒れ込んだ私はテオドリーコをぎゅうっと抱きしめた。頬をふにふにして感触を楽しんだ後、手をつないだ。

「じゃあ、次期公爵様、参りましょう」

「はい！　扉よ、開け！」

何か違う、と思ったが、あらかじめ待機していた使用人がゆっくりと扉を開けてくれた。満足そうに胸を張って歩くテオドリーコ。既に席に着いていた家族がほほ笑んで私たちを迎えた。さすがの父も笑っている。

「ミミ、レナート殿下への返礼の品のことだが」

「返礼の品？　ああ、おみやげのお礼ってこと」

父は食事の手を止め、私にそっと話しかけてきた。しかし、元の声がでかいので丸聞こえだ。レナートにそんな大層な品もらったかしら、と見せてもらった目録を思い返した。

「放牧している羊がいいか、それとも丸焼き用の牛がいいか……」

「お父さん、何を贈ればお礼が大型の生き物になるのよ」

「むむ、では何が良いのだ」

「普通に、この地方の特産品を馬車に乗せられる程度でいいです。そのうち挨拶に来るんだし」

「そうか、丸焼きはその時でいいか」

迎え撃つのは止めたようなので安心したが、王子様に牛の丸焼きを食べさせていいのか。

「お父さん、私たちが結婚した時と同じでいいのよ。この間、領民が持って来てくれたワインやチーズが倉庫にたくさんあるでしょ」

私が口ごもっていると、ニーナが呆れた様子で言った。

「倉庫の在庫を殿下に贈るなど……」

「あちらの国の特産品をおみやげに頂いたんだから、うちの領地の特産品をお返ししたっていいでしょう。バルだって喜んでたでしょ」

「ええ、なかなか地方の物を食す機会がないので、頂けると勉強になります」

しれっと家族の席に馴染んでいる王太子バルトロメイが朗らかに答えた。

「ふむ、そういうものなのか」

父はようやく諦めたらしい。あやうく牛を引いて帰らされるところだった。ありがとう、ニーナ姉さん。

私はムーロ王国式の朝食をぺろりと平らげ、再びテオドリーコにエスコートされて部屋に戻った。

後ろには姉たちもついてきている。これから一緒に、ルビーニ王国に持っていくものを取捨選択してもらうのだ。

「こんなドレスはいらないでしょ」

「むしろドレスは全部あちらで新調なさいな。王太子の婚約者が実家から持ってきたドレス着てちゃだめよ～」

「あんたってトレーニング用具以外はろくな物持ってないのね」

「今使う予定ないなら、今後も使うことないわよ。これも捨てなさい」

姉たちが私のクローゼットや机からどんどん物を取り出しては床に放り投げてゆく。あれもこれもいらない、とどんどん山が大きくなり、結局持って行くものは濃紺の制服だけになった。

「ううむ、やっぱり私に最後に残るのは武術のみ……」

「むしろ他に何があるって言うのよ……」

ひどい！　と言うと、ジョンナが心底呆れた顔をした。そして、壁の棚から持ってきた救急箱を開け、薬や包帯の数を数えた。

「ほとんど減ってないじゃない。まあ、確かに王妃様って丈夫さも必要なのかもね」

「何で私を見て言うのよ。ミミほど頑丈じゃないわよ」

ニーナが頬を膨らませて怒っている。確かに私は子供の頃から丈夫で、病気をしても体力があるのですぐに治った。もちろん練習中に大怪我をしたこともあるが、医者もびっくりの回復力で、一度研究所に送られそうになったこともある。

「ミミを反面教師として、テオには跡継ぎ教育と同時に貴族としての教育も始めたのよ。がさつで乱暴者になったら、お嫁さん来なくなっちゃうでしょう」

「ああ。だから、えすこーとするぅ、って言ってるのね」

「僕、えすこーとするのじょうずー」

テオドリーコがベッドの上でぴょんぴょん飛び跳ねながら言った。

「テオ、ベッドで遊ぶのは三回までよ」

「三回まではいいんだ」

私が首を傾げると、一番上の姉イデアが「だって可愛いんだもん」と笑った。

結局、私の部屋の物はほとんど捨てることになった。手に馴染んだ筋トレ用品は捨てがたいので、後日ルビーニ王国に送ってもらうことにした。重くて軍馬じゃないと運べないですねえ、と執事が困っていた。

畳んだ制服を鞄《かばん》につめ、馬車に持って行くと、ゴッフレードが荷積みをしていた。

「お嬢様、荷物はそれだけですか」

「そうなの。結局制服しか持って行かないことにしたわ。後は捨てるから、欲しいものがあったら持って行っていいわよ」

「ダンベルの一番重いやつ、あれくださいよ」

「えー、持って行こうと思ってたのに」

「王妃様になるなら、せめて中ぐらいの重さまででしょ」

私たちがわあわあ揉めているのを横目に、マッキオが車輪のチェックをしている。帰りもこのメンバーなのか。嫌な予感しかしない。

「昼食後に出ますからね。日が暮れるまでに国境の宿まで行きますよ」

「はあい。じゃあ、テオと遊んでくるわね」

テオドリーコを捜して屋敷を歩いていると、父が気配を消さずに柱の陰からこちらを窺っている。見つかりたくないのか、見つかりたいのか、どっちなんだ。

立ち止まり、ちらっと振り返ると目が合った。

「……」

「……」

気付かなかったことにして再び歩き始めれば、父もまた後をついてくる。振り返ればまた柱の陰で目が合う。

「……」

「……」

「何か用？」

「……」

父のでかい体は装飾の施された付け柱くらいでは隠れない。それでも父は柱と一体化しようとしている。

「テオと遊ぶんだから、邪魔しないでくださいよ」

「邪魔とはなんだ。父を邪魔とは」

父が柱の陰からやっと姿を現した。ずっと見えてたけど。

「何か用でもあるんですか」

「ありすぎだ」

開き直った父は、胸を張って腕を組み仁王立ちしている。背が高いので目元に影が出来ていて表情がわからない。とりあえず、ひたすら厳ついのだけはわかる。

「本当にルビーニ王国の王太子と結婚するのか」

ルビーニ王国の王太子。父はいったいどの部分にひっかかっているのだろうか。私がその意図をはかりかねて黙っていると、それ見たことかとばかりに父がさらに胸を張った。

「お前のようながさつな娘に王太子妃などつとまるとは思えん」

「それについては概ね同意するわ」

「では、外国でひとりでどうするのだ。隣国とは言え、私はすぐに助けには行けぬぞ」

父の言葉にムッとした私は、同じように腕を組み足を開いた。

「ひとりじゃないわ。レナート殿下を始め王城の人たちは、皆、私を守ってくれるの」

わずかに眉を上げた父が、ふん、と鼻先で笑う。そりゃあ確かにその人たちよりも強いだろう私が守られているだなんて、おかしいだろうけど。私が言いたいのはそういうことではない。

「大丈夫よ。皆が安心して私を守れるように、私が皆を守るから」

「お前は何を言っている」

父は困惑したように顔をしかめた。今度は私がそんな父を鼻で笑う。

「だからお父さんも安心して私が守られているところを見てるといいわ」

「言っている意味がわからん。育て方を間違えたか」

父は顎に手をあて少し考える仕草をした後、ニヤリと笑った。

「しかし、それでこそアンノヴァッツィ公爵家の血筋を受け継ぐものだ。心置きなく守らせてやると良い」

父の大きな笑い声に、家がちょっと揺れたような気もしたが、我が家は頑丈だからきっと平気だろう。

やっといつもの父らしい父に戻ったな、と思った。偉そうに見下ろしてばかみたいな大声で指図して来て、呑みこまれそうなほどの大きな口を開けて笑う。弟が生まれてからは、何となく私に引け目があるような態度だった。以前の父は決して柱の陰から私の機嫌を窺ってくるような人ではなかった。

そういえば、留学前には『そこそこの貴族の次男か三男を連れて帰って来い』って言ってたっけ。

すっかり忘れてたけど。父は私を他国に出すつもりはなかったのだろう。他に持っている伯爵か子爵の爵位を与えて適当な領地をくれるって言っていた気もする。

「この髪飾りね、レナート殿下がルビーニ王家の紋章を基に作り直してくれるんですって。でも、この四つの輪は必ず残すわ。これがないと意味がないからね。結婚した姉さんたちも付けてるし、私もいつも付けておくつもりよ」

「……そうか」

「お父さんが留学させてくれたおかげで、レナート殿下と出会うことができたわ。ありがとう」

「うむ」

「殿下がうちに来た時、ちゃんとお出迎えしてね」

「任せろ」

父が私の髪飾りを見て目を細めた。父とああでもない、こうでもない、と何日も話し合ってデザインを決めたこの髪飾り。いつか違うものになってしまうけれど、一生大切にしまっておこうと思った。

ナヴァーロ村へ

まだ日も昇りきらない早朝。レナートの乗る馬車の最終的な整備が終わったと報告を受け、ライモンドは騎士たちに一足先に王城を出て行き先に異常がないかを確かめるように指示し、レナートの執務室へ急いだ。

執務室の扉を開けると、レナートは本を片手に執務机の前に立ち、伸ばした右手を上に向けたり下に向けたりしていた。

「おはようございます。殿下、何をなさっているのですか」

「いや、ちょっと練習を」

「……ダンスですよね？」

「そうだね、ミミはダンスが上手《うま》いらしいから、ちょっとだけ」

「ああ、彼女は運動神経は人一倍いいですからね。確かに王道のエスコートをするレナート殿下では持て余してしまうかもしれないですね」

「ああ、婚約披露の場では踊らなければならないからな」

本を閉じたレナートは、顔を上げると笑顔で答えた。

何だか嫌な予感がするぞ、と、ライモンドはレナートの持つ本のタイトルを見ようとしたが、レナートはするりと本を抱えるとすぐに机の引き出しに仕舞ってしまった。

「用意はできたのか」

「はい。一部の騎士に先に行くように伝えましたので、滞りなく進めるはずです。馬を休める程度の休憩しか取らずに、一晩中走りますので覚悟してくださいよ」

「じっとしているのは得意だから任せてほしい」

「胸をはるところではありません」

「指示していた調査はどうなっている」

ライモンドはポケットから手帳を出してページをめくった。

「殿下の予想通り、全員に接点が見つかりました。今日の朝一番で奴らを王城へ呼び立てます」

「私が戻るまで何とか引き止められるか？」

「ええ、プラチド殿下が引き受けてくれました。あのお方なら、のらりくらりと時間を引き延ばして足止めしてくれると思います」

「ふむ。プラチドに期待しよう。では、すぐに出発しよう」

「何笑ってるんですか」

ライモンドは呆れた様子でレナートを睨んだ。これから証拠を押さえるために敵地へ向かうというのに、何で楽しそうにしているのだ。

「まあ、何考えてるのかはわかってますけどね！」

手で口元を隠してはいるが、目が笑っているのが丸わかりのレナートが、自分で上着を羽織ってボタンを閉める。

「できることならミミが村を通る前に、到着したい」

「ええ、わかってます。先を越されたらひと悶着起きてそうですもんね」

ライモンドは昨日のうちにまとめておいた荷物を持ち、扉を開いた。レナートにまかせたら、開く前に出て行こうとして扉にぶつかってしまうからだ。レナートが部屋を出たのを確認し、しっかりと戸締りをした。

ナヴァーロ村までの道中、非常に不安ではあるが、いざという時はきちんと収めてくれるレナートである。それほど心配はしていない。

「あっ」

何もない廊下でレナートが躓いた。

決してそばを離れないようにしよう。ライモンドは前言撤回した。

＊＊＊＊＊

家族に加えて屋敷の使用人、そして弟子たちが揃った見送りは喧々《けんけん》たるものだった。

「やだわ、またすぐに来るのに」

私がそう言うと、今生の別れみたいになっちゃったわね、と姉たちがげらげら笑っている。マッキオの手を借りて馬車に乗ると、なぜかマリーアコールが始まった。恥ずかしいので早々に馬車には出発してもらった。

「マッキオもゴッフレードも、連日長旅お願いしちゃって悪いわね」

「いえ、座っているだけですからね。何にも疲れないですよ」

気の良い使用人に後を任せ、テオドリーコと遊び疲れた私はひと眠りすることにした。その後、以前と同じ宿に泊まったら、風呂でまたあのおばさんに出会ってしまった。再び最強のマッサージをされ悲鳴を上げた私は、昼寝したにもかかわらず朝まで爆睡してしまったのだった。

今回は朝食付きにしたので、のんびりと起きて食堂に向かうと、既にマッキオとゴッフレードがお皿いっぱいの朝食をもりもり食べていた。

「見てるだけでお腹がいっぱいになりそうな食べっぷりね」

「じゃあ、お嬢様の分も俺が食べてあげますよ」

伸びてくるゴッフレードの手をぱしりと叩いて、私も慌ててベーコンを口に詰め込んだ。うちの使用人は遠慮ということを知らないのだ。

「そういえば誘拐されたお嬢さんは見つかったのかしらね」

食後のお茶を飲みながら私がそう言うと、デザート代わりのミートパイを飲みこみながらゴッフレードが答えた。

「ああ、ナヴァーロ村ですか。あの後村人が王都に到着して、すぐに騎士団が向かってくれたとしても……まだ村には着いてないかもしれませんね」

「どうせ犯人は領主でしょう。可愛くって手籠めにしちゃったのかしら」

「淑女が、手籠め、とか言わないでくださいよ」

「じゃあ何て言うのよ」

「では、村に少し寄って行きましょうか」

マッキオがそう言い、私たちは席を立った。


同じ道を辿《たど》ってナヴァーロ村に到着すると、村の入り口には見知った顔の村人が立っていた。再び現れた私たちに非常に驚いていたが、それでも歓迎してくれた。

「村長の娘さんは戻ってきたのかしら」

「いえ、それがまだで。王城へ行った奴らもまだ戻りませんし」

村人は私たちに丁寧に対応しながらも、そわそわと王都の方の道を気にしている。正直なところ、私なんかに構っていられない、と言った風だ。

「そうよね、王城まで急いだって往復で三日はかかるもの」

「ええ、ですので、我々で救出に行こうと思っています」

「え!?　どこへ」

私がわざとらしく驚くと、村人は意を決するように私を正面から見据えた。

「村長の娘が領主様の馬車に乗せられるのを見た奴がいたのです！　領主様がまさか、と思い言えなかったようです。今、動ける者たちを集めて領主様の屋敷に行くところなのです」

「あらまあ」

「わかっています、領民が領主様に逆らってはいけないって。しかし、我々は村長のことも自分の家族のように大切なんです！」

「いや、止めはしないけど」

「止めないんですか」

「領主が犯人だろうって思ってたし」

「えっ」

「あの状況を聞いたら誰でもそう気付きます」

横からゴッフレードが会話に参加してきた。マッキオがその腕を後ろから引っ張っている。

「でも話も聞いてくれないんでしょ、その領主。どうするつもり？」

「領主様は現在、王都に行っていて不在なんです。何だか王太子様の婚約者が変更になったとかで、急な会議が立て続けに開かれているそうでして。今の屋敷は領主様の長男が仕切っているのです。

とても性格の良い大人しい方だったのに……なぜこんなことを」

「仕方がないわね。私も行ってあげるわ。貴族が一人いるだけでも違うでしょ」

「姫様！　助かります」

どうやら私のせいで領主が急遽不在になり、息子が事件を起こしてしまったらしい。ちょっと責任を感じた私は少しだけ手助けをしてあげることにした。

領主の屋敷に行く有志たちを見て、私は頭痛がしてきた。彼らは兜《かぶと》の代わりに鍋やフライパンを被《かぶ》り、手にはまた鍬やスコップを持っている。

「あのねえ、あなたたち。胴ががら空きじゃない」

「お嬢様、そうじゃないです」

ゴッフレードが私の腕を摑んだ。

「領主はナルディ伯爵様だったかしら？」

「はい。長男はウーゴ様と言いまして、村長の娘のヴェロニカと幼馴染《おさななじみ》なんです。だからと言って、無理やり屋敷に監禁するなど」

「大人しい子って切羽詰まると何しでかすかわからないからねえ」

ガチャガチャと鍋やフライパンのぶつかる音をさせる村人たちを引き連れ、私たちはナルディ伯爵の屋敷へ歩いて向かった。

私の横を歩くゴッフレードが眉を寄せ、苦い顔をしている。

「ゴッフレード、あなたの言いたいことはわかるわ」

ゴッフレードが心底呆れた表情で私を横目で見てため息をついた。

「あのすごく訛った村人がいないと調子狂っちゃうわよね」

「だからお嬢様、そうじゃないです」

ゴッフレードが頭を抱え、その横でマッキオが爆笑している。

「俺は旦那様から、くれぐれも揉め事に巻き込まれないように、と言われて来てるんですよ。村に寄る、と聞いた時から嫌な予感はしていましたが」

「仕方がないじゃない、少しだけ私のせいでもあるんだから。お父さんも、私が巻き込まれる前提であなたたち二人を付けたんでしょう。信頼しているわ」

マッキオとゴッフレードは、使用人の中でも腕のたつ二人だ。長く仕えているので忠誠心も厚い。制服は私と同じ濃紺だ。

「俺たちが何とかしますから、お嬢様は何もしないでくださいよ」

まあ、無理でしょうけどね、と胡乱気《うろんげ》な顔でゴッフレードはそう言うと、黙って私の前を歩きだした。

岩のような大男を先頭に、鍋の頭のおもちゃの兵士を連れて歩く私はおとぎ話の主人公になったような気持ちになった。

「ウーゴ様は誰ともお会いにならない！　帰れ!!」

屋敷の門を守る番兵は全く聞く耳を持たずに私たちを追い返す。アンノヴァッツィ公爵家の名前を出しても、そんな名前は聞いたことがない、と取り合ってもくれない。そりゃあそうだ。地方の平民は隣国の貴族の家名なんて知りようもない。せめて取次くらいしてくれれば、貴族の子息であるウーゴは私の名前を知っているはずなのに。

私はナルディ伯爵の屋敷を見上げた。

さほど広くはないが、四階建てのしっかりとした建物だ。無駄に贅沢をしている様子もなく、庭はきれいに整備されていて比較的まともな貴族のようだ。

「仕方がないわ、私が救出に行ってくるわ」

「えっ」

ゴッフレードがやっぱり、とものすごく嫌そうな顔をした。しかし、私が言い出したら聞かないのはわかっているのでそれ以上は何も言わない。のん気な村人に惑わされてしまいそうだが、女性の誘拐事件は時間に猶予なんてないのだ。

「娘の居場所もわからないのに、どうするつもりですか」

「こういうわかりやすい建物に監禁するんだったら、一番上の階の奥の部屋に決まっているわ。地下はなさそうだし」

あの大きな木に登れば二階のベランダに上れるだろう。換気のためか少しだけ窓の開いた部屋があるから、あそこから中に忍び込めそうだ。

「ゴッフレードと村の皆さんはここで大騒ぎして門番を引き付けていて。できれば玄関まで押し入って、屋敷の警備兵たちを一階に集めてちょうだい。マッキオは私と一緒に庭に行って、私がベランダに侵入する手伝いをして」

マッキオがすばやく庭へ視線を走らせ、侵入経路を探す。ため息をついたゴッフレードが村人を引きつれて、再び門番へ詰め寄って行った。

「行くわよ、マッキオ」

「はい。お嬢様、くれぐれも無理はせずに」

垣根に隠れるようにしてマッキオと二人で庭に侵入する。マッキオは筋肉の塊のような大きな体を巧妙に折りたたんで後を付いてくるので、壊れた人形が追いかけてくるようで気味が悪い。おかげで少しだけ冷静になった私は、慎重に二階のベランダの様子を確認した。ここから見る限りでは、部屋の中には人気がないように思える。

「この木から二階のベランダに移るわ。肩を貸してくれる?」

「はい」

木に手を付き、しゃがんだマッキオの肩に左足を乗せた。私の手が一番下の枝に手が届くように、マッキオはゆっくりと立ち上がる。私は枝の根元に手をかけると、懸垂の要領でひょいと木に登った。枝の強度を確かめ、丈夫そうな枝に移動しながらベランダへ近づいた。下を見れば、マッキオがじっと私を見ていた。もし落ちたら受け止めるつもりなのだろう。

「……よっ、……っと」

無事ベランダの手すりに着地すると、マッキオがほっとした顔をした。すぐにベランダに下り、身を低くして窓から中を窺った。優しい色使いの家具が置かれ、ここは女性の部屋のようだ。やはり誰もいない。

ベランダから顔を出し、玄関を指さしてマッキオに合図をする。マッキオは小さく頷いた後、すっと姿を消した。すぐにゴッフレードたちに合流してくれるだろう。

私は添うように壁に体を付けて身を潜めた。指で髪を梳《す》くようにして、四つの輪に指を通して髪飾りを右手に装着した。実はこの髪飾りの四つの輪は私の指のサイズに合わせて作られた、ナックルダスターという鉄製の武器だ。拳にはめれば打撃の威力を増すことができる。海を隔てた西の国、アメリケンという国ではメリケンサックと呼ばれているらしい。アンノヴァッツィ公爵家の女は自分だけのナックルダスターを持って一人前と見なされる。

門を守っていた番兵は帯剣していた。屋敷内にいる者も武器を持っている可能性が高い。怪我をさせるつもりはないが、これを装着していればある程度の武器に対抗することができる。

拳の握り具合を確かめ、私はもう一度開いた窓から部屋の中を確認した。よし、誰もいない。

体を横にして、するりと部屋の中へ忍び込んだ。一歩踏み出したところで、レースのカーテンの陰でロッキングチェアに揺られながらレース編みをする白髪のおばあさんと目が合った。

「こんにちはー！」

「はい、こんにちは」

元気よく手を上げて挨拶をすれば、おばあさんも笑顔で返してくれた。そのまま大きく腕を振って部屋を横切り、扉を開けて廊下に出る。バタン、と扉を閉めて息をついた。

びっくりした――！　全っ然、いたわ、人！

扉に背を付けて呼吸を整え、ふと横を見たら、目を見開いて私を凝視している従僕がいた。おばあさんにお茶を淹れた後だったのだろう、茶器の載ったワゴンを押している。

「だっ……、おまっ、どこからっ……!!」

従僕が叫ぶ前に、とん、と首筋に手刀を入れて意識を奪っておいた。村人が持って来ていた煮豚用のタコ糸をもらっていたので、とりあえず従僕の手足をしばって柱の陰に隠した。どうしよう、こんなにすぐに見つかるとは。自分のことながら先が思いやられる。

すばやく廊下の様子を確認すると、階段は奥の部屋の扉の向こうにあるらしい。数は少ないが、人のいる気配はしている。なるべく乱暴なことはしたくない。場合によっては、どこかの部屋からベランダに出て外から壁を上った方がいいかもしれない。

足音を立てないように少しずつ進み、柱の陰に隠れながら階段へ近づいた。折り返しになってい る階段には三人の気配がある。そっと覗いて確認すると、全員同じ警備兵の制服を着ていた。一人は階下の踊り場、二人は階段を上っていく。踊り場の一人次第で、私の出方が変わる。

上っていく二人は途中の踊り場を過ぎ姿が見えなくなった。階下の一人は動く様子がなかったので、階段まで進み手すりに身をひそめた。少しだけ顔を出して階下の一人を見た。痩せた若い兵士が、壁に背を付けて雑誌を読んでいる。口をもぐもぐさせているので、何かを食べながらサボっているのだろう。こいつは放っておいても大丈夫そうだ。

頭を下げて手すりに添って階段を上った。上の二人の気配はまだ階段にある。駆け上がって隙をつくには、まだ少し距離がある。

ヒールがぶつからないように踵を上げ、手すりに体を擦りつけて一歩ずつ着実に近づいた。だんだんと二人の話し声がはっきりと聞こえるようになった。近い。

あと一段上った時が勝負だ。

息を殺し、右手のナックルダスターを握りしめた。

その時だった。

ぷぅ～～～。

「「「えっ」」」

慌てて口を押さえたが、遅かった。

「あははは！　誰だよ、屁《へ》ぇこいた奴……、えっ、だっ、誰だっ!!」

階下のサボり兵がおならをしたのだ。階段ホールに響き渡ったその音に驚いた上の二人の兵士が手すりから顔を覗かせ、私は見つかってしまった。

「ちょっと!!　今のおならは私じゃないわよ!!」

間髪を容れずに階段を駆け上がり、手すりにかけた左手を軸にして兵士の一人の膝に蹴りを入れる。バランスを崩した兵士の背中を押して階段から落とし、もたもたと腰の剣を抜こうとしている兵士の右の肘に拳を入れた。

「ぐわあっ」

叫び声を上げながらもう一人も階段を落ちて行った。騒ぎに気付いたサボり兵が階段を上がってきた。

「おい、一体何の騒ぎ……」

「お前のせいだ――！」

私は手すりを乗り越え、そのままサボり兵の顔面に飛び蹴りを入れた。倒れた兵士を引きずり、踊り場で動けなくなっている二人の腕と一緒にタコ糸で結ぶ。糸の強度はイマイチだけれど、一人が動けば他の二人の腕が締まるから少しは時間が稼げるだろう。

後で必ず、さっきのおならはこいつだって証言させよう。

淑女が人前でおならしたただなんて誤解は許されない。絶対にだ……！　一度サボり兵の首を絞めてから、三階を目指した。

再び手すりに体を押し付け、階段を上った。踊り場から三人の兵士の視線を感じたが、一睨みしたら怯《おび》えたように飛び上がった。階段から落としてしまったが、三人ともたいした怪我はしていないようだった。

三階に上り、柱の陰に隠れて廊下の様子を窺った。

長い廊下に等間隔で兵士が三人立っている。もしかしたらさっき縛り上げた兵士は彼らの交代要員だったのかもしれない。時間になっても代わりが来ない、とこいつらも動きだしてしまったらやっかいだ。武器を持った相手の人数が多いと少し不利になる。

私はスカートに付いている飾りの包みボタンをひとつ引きちぎった。付け柱の陰に隠れ、左手の手のひらに載せたボタンを右手の指で弾《はじ》いた。ボタンは、ひゅん、と音を立ててすばやく飛んで行き、一番向こうの兵士の近くの天井にぶつかって落ちた。

「何だ、今の音は！」

手前の二人が揃って一番奥の兵士に目を向けた。その瞬間に私は柱から飛び出し、手前の兵士のこめかみに肘を入れた。兵士の叫び声と倒れる音に気付いた二人が剣を抜きながら走って来る。

二人目の兵士の切りかかってきた剣をかわし、右手のナックルダスターで剣を持つ手を横から殴った。そのままの勢いで頭を下げ、剣を持ち直そうと体勢を起こした兵士の頭にトラースキックを放つ。ふらついた兵士が立ち上がろうとしていた最初の兵士とぶつかり合って倒れ込んだ。三人目が辿り着いたが、廊下で体の大きな男が三人も集まれば、そうそう剣を振り下ろすこともできない。躊躇した兵士の一瞬の隙をついて首に手刀を入れた。

すばやく三人の足やら体をタコ糸でぐるぐる巻きにした。タコ糸はこれでなくなってしまったが、四階まで辿り着ければなんとかなるだろう。

階下が騒がしくなり、私はハッとしたが、階段を走る足音は遠くなっていった。村人が玄関で大騒ぎしているのだろう。作戦はうまくいっているようだ。

私は壁に隠れながら、階段の上の階に耳をひそめた。

屋敷の規模に対して警備の兵が多い。兵士たちの緊張感の無さからして、近隣の街から急遽集めてきたに違いない。階が上がる度に兵士の数が増えるということは、きっとヴェロニカは上の階にいる。

村人たちが兵士たちを引き止めるにも限界がある。さっきの兵士たちだって本気で倒したわけではない。タコ糸なんて男の力ならすぐに切ることができる。

時間はない。行くしかない。

人の気配はないのを確認し、足音を立てないように一気に階段を駆け上がり、柱の陰に身を潜めた。

他の階は廊下の両側に交互に扉が付いており部屋が並んでいたが、ちらりと顔を出して様子を見ると、四階は天井の高いオープンフロアになっていた。暖かい色調の広い一部屋に大きなソファ、大きなテーブル。日当たりの良い窓辺には大きな観葉植物が置かれ、程よく日陰を作っている。きっと家族みんなで揃って過ごすプライベートな広間として造られたのだろう。

フロアには兵士が一人、そして従僕がいた。従僕がせっせとテーブルに簡素な食事を並べ、兵士がソファに腰掛け食事を取っている。伯爵はきっと夫人を連れて王都に行っている。前伯爵夫人であろうあばあさんは自室に籠っていた。今ここは兵士の休憩室として使っているのかもしれない。

ヴェロニカはこの階ではなかったか。

しかし、よく見てみれば、オープンフロアではあるけれど、従僕の背後の飾り棚、背の高い本棚、大きな柱……。これらを部屋の仕切りとすれば、奥へ続く通路が見えてくる。目をこらせば、その奥には寝室らしき扉があった。

音を立てずに飾り棚よりも身を低くして進めば、奥の寝室まで行けるかもしれない。ほふく前進ではもし見つかった時に、起き上がるのに後れを取ってしまう。かといってしゃがんで進むには足音がしてしまう。私はナックルダスターを握りしめ、静かに目を閉じた。

あれをやるしかない。誰にも見せてはいけない、あの秘技を……！

私は足を大きく開き腰を深く落として、ひとつ深呼吸をした。両腕を前に伸ばし、しっかりと重心を落としたまま、足の裏を地面から離さずに、かつすばやく前進した。

秘技41、すり足。

東の端の国でスッモウと呼ばれ最強と言われる武術の技のひとつであるこのすり足。音をたてずに敵に近づくことができ、しかもどの方向から襲われたとしてもすぐに対応することのできる完璧な体勢。防御しながら攻撃することのできる、80ある技の中でもめずらしい型である。

これがなぜ秘技かというと、見た目がちょっと恥ずかしいから。

40番台はそういった、人にあまり見られたくない型を集めた、口の堅い限られた弟子にしか伝えられない門外不出の秘技なのだ。

まさかこの技を使う日が来るとは……！

腰の落とし方が完璧、と、父からお墨付きもらっていたこの技。決して使うまい、と心に決めていたが、背に腹は代えられない。誘拐された女性を救うためなのだ。

部屋には兵士が乱暴な手つきで皿を扱う音と、それを諫《いさ》める従僕の声だけが響いている。

私は音もなく順調に通路を進んだ。近づくにつれ、奥の暗がりには寝室の他にふたつ簡素な扉が見えてきた。洗面所と物置だろうか。

そう思った瞬間、ひとつの扉が開き、中から中肉中背の丸刈りの兵士がズボンのベルトを締めながら出てきた。本当に洗面所だったらしい。

丸刈りは一瞬私に驚いた後、二度見するように目を見開き戸惑っている。そりゃあそうだ、トイレから出てきて見ず知らずの令嬢がすり足していたら、私だってそんな顔になるだろう。

丸刈りが次の瞬きをする頃にはすでに私は駆け出しており、丸刈りの顎に掌底を打ち込んだ。倒れこんだ丸刈りが床に落ちる前に受け止め、肩に担いだ。ここに寝かせて置いたらすぐに見つかってしまう。隣の物置にでも押し込んでおこう。

私はすばやく扉を開け、物置の中に入った。

「ん？」

扉を閉めて丸刈りを床に降ろしたが、床がやけにきれいで広い。顔を上げると、物置だと思った部屋は清潔に掃除されていて、テーブルセットや小さなクローゼットが置かれていた。

「どなたですか？」

女性の声にはっとして振り向けば、窓辺のベッドの端に腰掛けた女性が怯えたような表情でこちらを見ていた。

「ヴェロニカさん？」

私が小声でそう聞くと、彼女はきょとんとして「はい」と返事をした。肩までの黒髪をゆるく編み横に流したヴェロニカは、服装もきちんとしていて乱暴な目に遭っている様子はなかった。

「ナヴァーロ村の人たちに頼まれて、助けに来たわ。一緒に逃げましょう」

「え？　逃げ……？　どういうことですか？」

扉に耳をつけて外の様子を窺ったが、私がここにいることはまだバレていないようだ。口に人差し指を立ててベッドに近づき、窓の外を見たがベランダはないようだった。窓から逃げるのは無理か。兵士たちはもう動き出している頃だ。彼女を連れ階段を下りて逃げることができるだろうか。

私はベッドの下や棚の引き出しを開け、逃走に使えそうなものがないか確かめた。

「あの、あなたはどなたですか？」

ナヴァーロ村の名前を出したせいか、初めの怯えのなくなったヴェロニカが私に声をかけた。

「そうよね、自己紹介がまだだったわね。私は……」

私が彼女に向き合って名乗ろうとすると、バタバタとこちらに駆けてくる足音がした。

私はとっさに腕を広げ、彼女を背にかばった。バタン！　と扉が乱暴に開けられ、駆け込んで来た茶色の髪の青年が叫んだ。

「……っ、あなたとの婚約なんてお断りだ！」

「にっ、二度目――!!」

私は回転しながら床に倒れ込んで手をついた。「えっ、この人誰!?」と青年が戸惑っているが、もう私の視界にはそんなものは入って来ない。

どういうこと!?　またもや婚約してもいない相手に婚約を破棄されたわ！　人生で二度も知らない人に婚約破棄される令嬢なんて、この世にいるの!?

「えっ？　婚約破棄……？　もしかして、あなたは、アンノヴァッツィ公爵令嬢のマリーア様ですか？」

床に蹲《うずくま》る私に、青年がおろおろしながら声をかけた。私の心の慟哭《どうこく》が聞こえちゃってるけど、今はどうでもいい。

「信じられない。この国では、婚約破棄と言えば私、みたいになっちゃってるの……？」

がくがくと震える私の肩を、ヴェロニカが優しくさすってくれる。青年はひどく動揺しながらも、私の前に膝をついて謝罪してくれた。

「マリーア様、申し訳ありません。屋敷に戻ったら、警備兵たちが縛られており、金髪の令嬢が押し入ったと聞いたので、気が混乱してしまい……」

「この方は、私を助けに来てくれたみたいよ、ウーゴ」

「……てっきりエッラが君を害しに来たと思ったんだ」

ウーゴがその無事を確かめるように、ヴェロニカの手を強く握った。二人は見つめ合い、誰がどう見ても恋人同士だ。

「一体なぜ、マリーア様がここに？」

私は少しだけ落ち着いて、床にぺたりと座ったまま顔を上げた。開いたままの扉から、休憩中だった兵士と従僕が不安そうに中を窺っていた。

「ムーロ王国に帰省した帰り道で、ナヴァーロ村の村人から村長の娘が誘拐されたから手を貸してくれって言われて」

「誘拐!?」

ウーゴが声を上げた。ヴェロニカは大きな目をさらに見開いて驚いている。二人の様子からは嘘をついているようには思えなかった。

「村人たちがここを訪ねても門前払いだったって言っていたわ」

「あっ……、ヴェロニカにはけして誰にも会わせないように、と命令していたもので……。申し訳ありません。私も忙しくてあまり細かく指示できなかったのです。街で急遽雇った兵たちなので、あまり機転が利かなかったようです」

額に手をあてたウーゴはどんどん青ざめていった。

私たちは部屋を出て、オープンフロアの大きなソファに移動した。従僕が慣れた手付きで温かいお茶を淹れてくれた。ちなみに兵士は別室で丸刈りを介抱している。

「私と幼馴染のヴェロニカは、年明けにも婚約しようと思っていました。村長にも許可は取ってて……。それが、急にヴェゼンティーニ伯爵の娘、エッラとの婚約の話が持ち上がり……。私はヴェロニカと結婚する、と言ったら、エッラから彼女への嫌がらせが始まったんです。最近この辺りに賊が出るとの話ももしかして関係あるのかと、何とか兵を集めて彼女を屋敷で匿《かくま》っていました」

ヴェロニカが悲しそうにうつむき、口に手をあてた。ウーゴは彼女の肩を優しくさすって慰める。

「うちの伯爵家では、ナヴァーロ村で取れる作物を加工して香辛料を作っています。しかし、最近になってヴェゼンティーニ伯爵がその作物をなぜか欲しがりまして。初めは少しだけだったのですが、今では大量に買い付けるようになり……。実際、香辛料を作るよりもずっと高い金額で買い取ってもらえるので、父は伯爵にあまり強く出ることができなくなり……」

「ふうん。よっぽどおいしい香辛料が作れるのね。あんなに臭いのに」

「あの作物をさらに高く買い取ってくれる客がいるようでして……。娘と私を結婚させ、あの作物をすべてヴェゼンティーニ伯爵家で取り扱うようにしたいようです」

確かに作物が高く買い取られれば、村の収入も増える。あの貧しそうな村のことを考えると、領主としてはヴェゼンティーニ伯爵をないがしろにするわけにもいかなかったのだろう。間に挟まれたナルディ伯爵と村長はきっととても悩んでいることだろう。

「その娘のエッラの嫌がらせからかばうために、ヴェロニカさんを監禁してたってこと？」

「監禁だなんて……。でも、そうですよね。私が黙って村を出てしまったから」

ヴェロニカが肩を揺らし目を潤ませた。これが可愛い女の子の仕草か。私は今後の参考にその姿を目に焼き付けた。

「父が王都に行っているうちに、私だったら嫌がらせに真っ先に迎え撃つ準備をしていたことだろう。

「父が王都に行っているうちに、私はもういっそのことヴェロニカを連れて逃げようと思っていたんです。しかし、ちょっとやっかいなことが起きてしまって、私はそちらにかかりきりになっていたもので、結果的にヴェロニカを閉じ込めたままになってしまいました」

「えっ、そそそそれって、駆け落ちってやつ!?」

私は両手で頬を押さえ、がばっと立ち上がった。膝がテーブルに当たってカップがガチャン、と音を立てたので、壁際に控えていた従僕が顔を上げた。

「うわあああ、禁断の愛！　許されない恋！　愛し合う二人に迫りくる危機！　憧れるううう～～」

「あの、マリーア様？」

ヴェロニカが心配そうに私を見上げた。私は彼女の手を両手でしっかりと握り、その前に跪いた。

「えっ、マリーア様、そんなことおやめください！」

「ヴェロニカさん、私があなたたちを守るわ！　愛し合う二人を引き裂くだなんて、そんなことは許されない！」

私は握る手にぐっと力を込めた。ヴェロニカの青い瞳が揺れている。

「マリーア様……」

「そんな、しかし、どうやって。いくら王太子様の婚約者であっても、貴族間の政略結婚に口出しは」

「じゃあ、なあに、あなたヴェロニカさんを諦めるわけ？」

私がまっすぐにウーゴを見ると、彼は悔しそうに視線を逸らした。それを見ていたヴェロニカが、悲しげに眉を下げたままほほ笑んだ。

「ウーゴ、あなたは貴族なのだから、私なんかに構っていてはいけないわ。ナルディ伯爵家のため、村のためにも、エッラ様と結婚したほうが」

「嫌だ！　私は君を諦めたりしない！」

「あああ、もうこの二人絶対応援する。どんな手を使ってでも応援する」

「ヴェロニカ、君が何と言おうとも、私はこんな政略結婚なんてしない」

「ウーゴ、でも」

「使いたくないけれど、レナート殿下に頼んで王太子の権力でどーん、と、ばーん、と、こう一発で」

「君無しの未来なんてあり得ないんだ」

「そんなこと、言わないで……ウーゴ」

「いや、殿下よりも先にライモンド様に話を通しておいた方が早いかもしれないわね」

「マリーア様、ちょっと黙っていてもらえませんか」

ウーゴがじろりとこちらを睨んで言った。私は肩をすくめて紅茶を飲み口を閉じた。

「ウーゴ、そんなこと言っちゃいけないわ。マリーア様は私たちのことを思って言ってくれているのよ」

「この人だって貴族だ。すぐに手のひらを返すに決まっている」

「ウーゴ、何てこと言うの」

ヴェロニカが立ち上がり、ウーゴの隣の席に移動した。並んだ二人は幼馴染なだけあって、雰囲気がよく似ていた。ヴェロニカに正面から見つめられ、ウーゴは頬を赤くしながら目を逸らした。

「マリーア様は、さっき、あなたがこの部屋に飛び込んで来た時に、私の前に立って守ろうとしてくれたのよ」

「……」

「それに、こんなに可憐な女性が一人でここまで私を助けに来てくれたのよ。きっとたくさんの兵士がいてとても怖かったでしょうに……。ねえ、マリーア様を信用するにはこれで十分なのではないかしら」

ヴェロニカは笑顔で私を振り返った。先ほどまでの悲しそうな様子とは違い、日に焼けた肌も髪も健康そうで、笑ったら見える白い歯がとても魅力的だった。普段は明るく理知的な、村をまとめる村長の娘なのだろう。「いや、その人、兵士を倒して縛り上げてたけど……」と言う、ウーゴのつぶやきはヴェロニカには聞こえていなかった。

「どっちにしろ、玄関で村人が騒いでいるから、一度落ち着かせてあげてくれないかしら」

「えっ、皆が来ているのですか」

ヴェロニカがすぐに立ち上がった。

ウーゴを先頭にして私たちは階段を下りた。私が縛り上げた兵士たちは皆救出されていた。兵士たちは私から微妙な距離を置いて付いてくる。

「ヴェロニカちゃん！」

「無事だったか！」

ヴェロニカの姿が見えると、玄関で籠城していた村人たちが安堵したように一斉に床にへたり込んだ。一番後ろにいたゴッフレードとマッキオが疲れたように腰に手をあてて立っていた。

「みんな、心配かけてごめんなさい」

涙目で駆け寄るヴェロニカを、村人たちが優しく受け入れた。

「な、なぜ鍋を被っているんだ……？」

私の横でウーゴが首を傾げていた。ヴェロニカが驚かないところを見ると、村では見慣れた風景なのかもしれない。

「ウーゴ様……！」

「どうした」

屋敷の奥から番兵が慌てて走って来る。その様子に、騒がしかった村人たちも黙った。

「商人たちが、もう待てない、と言って勝手に作物を荷馬車に載せ始めてしまいました」

「何だって！　今日は帰れと言ったはずなのに！」

目配せをすると、ゴッフレードとマッキオが私の隣までやってきた。これからさらにひと悶着ありそうだ。ここまで来たら乗りかかった船だ。

「商人っていうのは、ヴェゼンティーニ伯爵が寄こした人たちなのかしら？」

「はい。初めはとても腰の低い親切な者たちが来ていたのですが、あいつらになってから急に横暴な振る舞いをしていくようになって。今日はとうとう倉庫にある作物を全て寄こせ、と押し入ってきたのです」

「ふうん。それでさっきまであなたは不在にしてたってわけね」

「ヴェゼンティーニ伯爵に抗議する、と言って、今日はもう帰るように伝えたのですが」

「いいわ。行きましょう。うちの使用人も連れて行くから大丈夫よ」

ウーゴは私の隣にいる二人を見てちょっと驚いていたが、頷くと裏口の方へと歩き始めた。ヴェロニカも一緒に来たため、村人たちもぞろぞろとその後を付いてきて、かなりの大所帯で裏口からつながる倉庫へ向かった。

「商人と名乗ってはいますが、柄の悪い奴らで。マリーア様たちは下がっていてください」

「私たちは大丈夫だから、ヴェロニカさんと村人をお願いね。何となく、その商人に見当はついているの」

「見当？」

「ええ、荷馬車を引いた柄の悪い商人たちでしょう。なあんとなく、知ってるような気がするわ」

私が横を見上げると、ゴッフレードがじろりとまた私を睨んだ。面倒ごとはごめんですよ、目がそう言っている。

倉庫の前には荷馬車が横付けされ、男たちが縄でくくられた作物を乱暴に運んでいた。

「お前たち、何をしている！　今日はもうそのまま帰れと言ったはずだ」

「ウーゴ様、せっかく来たのに帰れだなんて、ひどいじゃないですか」

人相の悪い黒髪の男がにやつきながらウーゴに近づいて来る。態度も体格も、ウーゴにはたいてい敵いそうもない大きさだった。

「これでは香辛料の材料がなくなってしまう」

「いいじゃねえか、それ以上の値で買うって言ってんだから」

二人がやり取りをしている間も、他の男たちがどんどん荷馬車に作物を積んでいく。

私をかばうようにゴッフレードが前に立っているため、彼の腕の隙間から無理やり様子を窺った。

「あ、やっぱり」

荷を積む男たちの中に、先日の賊がいた。やはり、彼らはこの屋敷から荷を積んでそのついでに貴族の馬車を襲っていたのだ。最近急に賊が出るようになった、という話も辻褄《つじつま》が合う。

「あいつらですね。どうします？　お嬢様」

マッキオが小声で相談してくる。なるべくなら何もせずに帰ってもらいたいところではあるが、素直に話を聞いてくれるような相手でもない。どうしたものか、と思っていたら、あちらの方から私たちに気が付いた。

「頭領！　そいつら、この間の邪魔した奴らだ！」

「なんであいつがここに！」

叫ぶ仲間の声に、ウーゴの前にいた頭領と呼ばれる男がこちらを睨んだ。

「ウーゴ様、そいつら最近この辺りで出る盗賊よ」

私がゴッフレードの腕の間から顔だけ出してそう言うと、ウーゴがとても驚いた顔で振り向いた。

彼だって本当は勘付いていたに違いない。急に現れた柄の悪い商人、そして賊。排除したいけれど、王都に大邸宅を持つ裕福な貴族とこの貧しい村を治める田舎の貴族では、同じ伯爵家でも格が違う。何しろ相手はさほど使い道のない作物を高額で買い取ってくれるのだ。領の今後のことを考えれば、多少のことにも目を瞑りたくもなる。村長が全く姿を現さないのだって、村の将来と娘の幸せを天秤にかけることができなくて悩んでいるからだろう。

「おい、こいつか。例の頭のおかしい女って」

「失礼ね！　あんたたち私のことどういう風にこいつに伝えたのよ！」

ゴッフレードを押しのけて前に出ると、頭領がぐい、と一歩私に近づいた。

「気の強い女だ」

「貴族の馬車を襲った後は、倉庫から堂々と強盗かしら」

じりじりと睨み合う私の腕を、ゴッフレードが引っ張る。無理やり私たちの間に入ったゴッフレードが、胸を張って頭領を見下ろした。

「とりあえず積んだ作物を全て下ろしてください。そうすれば今日は見逃します」

「何言ってるんだ、お前。こっちは何人いると思ってるんだ」

「何人かしら」

ひとりひとり人数を数えている私の指を、マッキオが握って止めた。

「お嬢様、クイズじゃないです」

「この家の兵士たちはヴェゼンティーニ伯爵に逆らえないだろうから、私たち三人で何とかできるかしら、って思ったのよ」

「俺とゴッフレードで十分ですから、お嬢様はここで見ていてください」

「できればそうしてほしいわ」

この屋敷の兵士たちには、おなら疑惑もあるし禁断のすり足も見られているし、これ以上の醜態を晒《さら》すわけにはいかない。こういう話は、どこからレナートに漏れるかわからないのだ。

私は先ほどのウーゴとヴェロニカの寄り添う姿を思い出す。あれが愛し合う男女の真の姿だ。今のところ、私とレナートにはそんな雰囲気はなく、むしろ私がレナートを背にかばって守っているようなイメージすらある。いくらレナートが喜ぶからと言って、いつまでもこんな状態ではいけない。私もそろそろ守られる側になりたいのだ。

私たちの話を聞いていたウーゴが、悔しそうに口を歪《ゆが》ませてうつむいた。

もしここでこの賊を追い返してしまえば、ヴェゼンティーニ伯爵から手を引かれてしまうかもしれない。場合によっては香辛料の販売も妨害をされる可能性だってある。自分たちだけではない、村人たちにだって影響がある話だ。

「わかる、わかるわよ。だからこそ、私たちがこの人たちをやっつけるから、大丈夫よ」

私はばしばしとウーゴの肩を叩いた。

「マリーア様、しかし」

「あなたとヴェロニカさんには幸せになってほしいの。だって、あなたたちは私の理想なのよ」

思わず全力で肩を叩いてしまったので、ウーゴはふらりとよろめいたが、すぐにハッとして立ち上がった。顔を上げて私を見た時には、先ほどまで不安げにしていた瞳はしっかりと前を見据え強い光を伴っていた。

ウーゴはくるりと身を翻すと、頭領に正面から向かい合ってはっきりと言った。

「やはり帰ってくれ。もうあなたたちとは取引はしない。荷は全て置いていけ」

「今更そんなことができるわけがないだろう。あんな香辛料だけじゃ、この先村はつぶれちまうぞ」

「新しい取引先や作物の使い道は、私がこれから開拓する。もう、帰ってくれ」

「へえ、あんたそんなこと、勝手に言っていいの？」

頭領がにやにやしながらウーゴを見下ろす。

ゴッフレードが間に入ろうとしたその時、ガランゴロン、と鉄のぶつかる音がして、背後から村人たちが一斉に荷馬車に向かって走り出した。

「俺たちの作物を返せー！」

「お前たちなんかには渡さねえぞー！」

「そったら汚っねぇ手で触るんでねぇどー！」

フライパンを持った村人が賊に襲いかかり、作物を引っ張り合った。頭領は舌打ちをしながら、荷馬車の方に向かい村人たちを突き飛ばす。

屋敷の兵士たちも一瞬躊躇した後、走り出した。後方にいた数人を捕まえ、震えるヴェロニカを守らせた。私はゴッフレードたちと一緒に倉庫に向かって走った。

賊たちは腰に短剣を携えている。それを抜かれる前に、おさえこまなければならない。村人を人質にされたら、私たちも兵士たちも動けなくなってしまう。

マッキオが賊の首を掴んでぽい、ぽい、と放り投げていく。それをゴッフレードが片足で踏みつけた。

「危ないから、皆さんは後ろに下がって！」

私の声は全く届かず、村人たちは相変わらず賊と作物の引っ張り合いをしている。砂ぼこりが立ち始め、誰もが目を開けていられなくなったところで、賊の痩せた男が腰の刀を抜いた。

「お前ら、全員動くな！」

大きな鍋を被った村人の首に刀をあてながら、賊が叫んだ。

ち、とマッキオが小さく舌打ちをした。

「おい、お前ら、ありったけの草を積め！」

村人や兵士たちの相手をしていた賊が、地面に落ちた作物を拾い上げ、荷馬車に積んでいく。引っ張り合ったことで落ちてしまった作物も一本残らず拾って積んでいる。

よっぽどこの作物は高く売れるらしい。これは香辛料にするのではないだろう。もっと別のものに加工されるのだ。この賊が関わっているということは、きっと違法な物に違いない。

だったらもう少し手荒く捕まえたっていいだろう。むしろ逃がすわけにはいかない。

私はちらりとゴッフレードに目配せをした。ゴッフレードは小さく頷くと、その大きな体を揺らしてすばやく移動し、近くにいた頭領を捕まえその頭を脇に抱えた。

「頭領！」

私は一歩前に出た。村人を人質に取った賊が戸惑ったように後ずさりし、ちらりとマッキオの位置を確認している。あのゴッフレードがあんなにすばやく動けるのだ、マッキオが自分のところに飛び込んでくることを予想したのだろう。

「貴族が人質を取るなんて……！」

悔しそうに口を歪める賊に、私はにっこりとほほ笑んだ。

「おあいこだわ。取引をしましょう」

「ふざけるな、主導権はこちらにある！　頭領を放せ。こいつを殺すぞ」

「ぎゃあぎゃあとうるさいわね。それ以上騒いでごらんなさい、この場であんたたちの頭領の首を引きちぎってやるんだから」

その場にいた全員がゴッフレードの太い腕を見て、ごくりと唾を飲んだ。

「その村人を放しなさい。それから全員、両手を上げて地面に伏せなさい」

私はまた一歩、賊に近づいた。

瞬きもせず、賊を睨みつける。

「そんなの、取引じゃねえじゃねえか」

「そうかしら。あんたがその腕を動かす前に、私はあんたの目をつぶすことができるわよ」

また一歩、近づく。賊が、口を引き結んで後ずさりした。村人の首を押さえる腕が少しだけ緩んだのを見て、私は飛び出した。二歩で賊の前まで迫り、飛び上がって賊の顔面に膝を入れた。放された村人を遠くに押し出し、そのまま賊の上に着地する。

「ぐえっ！」

「こっちです！　騎士様!!」

つぶされた賊が叫んだ瞬間、屋敷の門の方から声がした。すぐにバタバタと走る音が聞こえてきて、ルビーニ王国の騎士団の制服を着た騎士たちが姿を現した。

「馬車を出せ!!」

そう一人が叫ぶと、次々に賊たちが荷馬車に飛び乗っていく。

「逃がすな！」

騎士たちが荷馬車を取り囲み、賊を引きずり下ろす。

王都へ向かった村人たちが、騎士団を呼んで来たのだ。私の下でもがいている賊を騎士に引き渡し、頭領を抱えているゴッフレードの方を見た。

体の大きな頭領が暴れ、さらに体の大きなゴッフレードがそれを押さえている。バッファロー対ゴリラのような争いに、騎士も近づけないでいる。ゴッフレードが易々と後ろ手に腕を取ると、背中に足を乗せて頭領を押さえつけた。騎士たちがおそるおそる捕縛用の縄を持ってじりじりと近づいて行った。

マッキオの背中に隠れながらふと門の方を見ると、遅れてやってきた騎士たちの後ろに美しい金髪が見えた。

「ミミ！　無事か！」

「殿下！」

レナートが私を見つけ、こちらに向かって走って来る。長い手足を動かして、陽《ひ》にきらきら輝く金髪を揺らして走る姿はとても美しかった。

すぐに騎士たちは合流し、賊の捕縛に加わった。

どうしてレナートまで。

私がレナートに駆け寄ろうとすると、マッキオに腕を引かれた。頭領を助けようと、物陰に隠れていた賊が二人飛び出してきたのだ。

刀を抜いた賊の一人にマッキオが上段から重い蹴りを入れた。ぐしゃり、と地面に潰れた仲間を見て、もう一人が逃げようと門の方へ慌てて体の向きを変えた。

「!!」

賊が向かって行く方向には、レナートがいる。

私は追いかけようとしたが、マッキオに肩がぶつかって出遅れてしまった。

突然方向を変え、自分に向かって走って来る賊に、レナートが立ち止まり目を見開く。

賊がレナートに殴りかかろうと右手を振り上げた。

「レナート!!　避けてぇっ!!」

私は腕を精一杯伸ばした。それでもまだ数歩、届かない。私の声に、賊を捕縛していた騎士たちが振り返り、急いで立ち上がる。

危ない！

そう思った瞬間、レナートはすっと左足を引き、賊の拳を避けた。

「えっ……！」

レナートは避けたその足を踏み出し、しっかりと賊を見ながら長い右腕を伸ばした。

次の瞬間、賊の体が高く宙に浮かび、後ろにのけぞるように地面にべちゃりと落ちた。

まるで優雅にダンスでも踊っているかのようなレナートの右ストレートが賊の頬に命中したのだ。

私たちはぽかんと口を開けたまま、しばらく動けなかった。

「いたたたたーっ」

レナートが右手を押さえながらしゃがみこんだ。彼のその声に、やっと目を覚ました私たちは慌てて動き出した。騎士たちが地面に蹲る賊を押さえつけて捕縛している。

「殿下！　大丈夫ですか!!」

私はレナートに駆け寄り、両手で彼の右手を包み込むように握った。そして、手の甲や指に異常がないかを確認した。

「はは、うまくできただろうか」

レナートが嬉しそうに私の顔を覗き込み笑った。それを見た私は、へなへなと体から力が抜け、地面にぺたりと座ってしまった。

「完璧でした。体勢といい、重心の移動の仕方といい、とても初めてとは思えない、完璧な右ストレートでした……！」

「そうか、練習した甲斐《かい》があったな」

「練習？　したんですか？」

「ああ、あなたが教えてくれた38番。せめてひとつくらいはできるようになりたい、と密かに練習していたんだ」

早朝の庭で見せた、38番目の型。早口で教えたコツを、レナートは聞き洩らすことなく記憶し、一人で練習していたと言うのだ。

「……ちょっと教えただけで習得するなんて……なんて恐ろしい人……」

青ざめる私の耳に、ぶつぶつと何かをつぶやくライモンドの声が聞こえてきた。

「殿下が……人を殴った……しかも、素手で……賊を……殿下が……！」

レナートの後ろに、私以上に青ざめたライモンドが立ち竦《すく》んでいた。レナートが声をかけると、ハッとしたように顔を上げた。

レナートは地面に腰を下ろし、私の手を握り返してきた。

「習得するのに六日もかかってしまった」

「普通はもっとかかります」

「この計算で行けば、80全部覚えるのには四八〇日。一年と一一五日で全て習得することができるな」

「本当にやり遂げちゃいそうでこわい！　私の師範の座を奪われてしまいそう」

汚れるのも構わずに地面に座った私とレナートは声を上げて笑った。

レナートが怪我をしなくて本当に良かった。私は心からほっとした。

「既にひとつ習得されていますから、あと覚えるべきは79個。一年と一〇九日です」

「ライモンド様、細かっ」

「レナート殿下のスケジュール管理は私の仕事ですから……って、私まで一体何を言ってるんだっ。殿下、お怪我はありませんか」

いつもの毅然《きぜん》とした状態に戻ったライモンドが、レナートの手に視線を移した。レナートは手を握るように指を何度か動かした。

「大事無い。それにしても、人を殴るというのは、こんなにも痛いものだとは知らなかったな」

レナートはそう言って苦笑いした。ライモンドが「もうしないでくださいね」とため息をつく。

「殿下」

私はレナートの右手を両手でそっと包み込んだ。レナートがきょとんとして顔を上げる。

「決して、その痛みを忘れてはいけません。殿下は人一倍、腕力も、権力もおありです。殿下が与える痛みは、それ以上のものだということをしっかり覚えていてください」

レナートが一瞬眉をひそめ、いつもの厳しい王太子の顔になった。

「拳の重さ、よく覚えておこう」

私がレナートの手を自分の頰にあて笑うと、レナートが左手で私の頭を撫でてくれた。

その場にしゃがみこんだライモンドがこめかみを押さえて何やらうなっている。周りでは顔を赤くした騎士たちが戸惑っていた。


賊は全員捕縛され、近隣の街から駆け付けた警吏《けいり》たちによって、王都の牢へと移送された。活躍した村人たちは、初めて見る王太子に瞳をきらきらさせながら村へ戻って行った。

残った私たちはナルディ伯爵の屋敷の応接間に通され、簡易な食事とお茶で一息ついた。

大きなソファにはレナートと私が座り、その横の一人掛けのソファにはライモンドが座った。向かいのソファにウーゴとヴェロニカが寄り添って座っている。目の前にレナートがいることにひどく緊張したヴェロニカの震える手を、ウーゴがしっかりと握っている。

「この度は、本当にありがとうございました。そして、このような騒ぎを起こしてしまい、大変申し訳ございません」

ウーゴがソファを下り、膝をついて謝罪した。眉間にしわを寄せ冷静な表情をしたレナートが視線だけでそれを制す。びくりと肩を揺らし、おそるおそるソファに戻ったウーゴは、うなだれるように膝に手をついてうつむいた。

エッラから守るためとは言え誘拐騒ぎを起こしたこと、父親の不在中に賊の侵入を防ぐことができなかったこと。彼の責任は非常に重い。

「ウーゴ一人のせいではありません。私も、何もせずにただ守られていただけで……」

ヴェロニカが震える声を上げるが、途中で言葉に詰まってしまう。ただの村娘である彼女が直接レナートに声をかけることなど、普通だったら許されることではない。しかもレナートはいつも通りの厳しい表情をしている。私たちの後ろにはゴッフレードが控え、離れているとは言え壁際にはレナートの護衛騎士が並んでいる。気圧《けお》されてしまうのは当然のことだ。

青い顔をして固まってしまったヴェロニカを落ち着かせるように、レナートが軽く右手を上げた。

「騒ぎを起こしたのは事情があってのことだったのだろう。実際には誘拐されていなかったのだから無事でなによりだ。しかし、私の騎士が多数動いてしまったことは事実だな」

レナートの一言に、再び室内に緊張が走った。真っ青になったウーゴはもう倒れる寸前だ。レナートがすっと目配せをすると、ライモンドが心得たとばかりに頷いた。

「殿下。それもそうなのですが、むしろ、マリーア様がナルディ伯爵の屋敷に不法侵入した件を先に謝罪すべきかと」

「ふほっ……、ちょちょちょ、ちょっと待って、ライモンド様」

「うむ、確かにそうだな。どうしたものか」

レナートが腕を組んで更に厳しい表情になった。私はあわててレナートの腕にすがりついた。

「うわーん、ごめんなさい、もう勝手に他人のお家《うち》に踏み込んだりしませんから！」

「いや、しかし、ミミは武器を持っていたと言うし」

「あれは護身用です！　今度から気を付けます！」

「だからと言ってやったことがなくなるわけではない」

「殿下ぁー！　何でもするから許してくださいーーー！」

「ほう、何でも……。ライモンド、記録したか」

「は」

先ほどまでとは打って変わって雰囲気の柔らかくなったレナートに、ウーゴとヴェロニカが瞬いた後、二人で顔を見合わせて楽しそうにくすりと笑った。ヴェロニカに肘をつつかれてウーゴがおそるおそる口を開いた。

「不法侵入なんてありません。きっと最近思い違いをするようになった祖母が、玄関と間違えて窓からマリーア様を招いてしまったのでしょう。マリーア様には賊に立ち向かう勇気を頂きました。感謝こそすれ謝罪などとんでもありません」

「ウーゴ様ぁ、ありがとう」

レナートが足を組み、ソファの背もたれに背を預けて口の端を上げた。

「そうか、不法侵入は不問にしてくれるというのか。では、こちらも騒動を起こした責任については深くは問わないことにしよう」

「良かったですねえ、マリーア様」

ライモンドの全く感情のこもっていない言葉に私は首を傾げた。何かおかしい気がする。

「え、あれ？　私だけ罰を受けてますよね!?」

「王族に滅多なことを言うと足元見られるって勉強になりましたね。殿下の機嫌が良くなったんだから、いいじゃないですか」

「謀《はか》ったわね！　ライモンド様！」

ライモンドをがくがくと揺する私をゴッフレードが止めた。伯爵家の従僕がわざわざ淹れ直してくれたお茶を飲んで何とか落ち着いた私は、言わなければならないことを思い出した。

「ヴェロニカさんとウーゴ様は、愛し合っているのに引き裂かれようとしているのよ。殿下、何とかならないですか」

既に普段の冷たい表情に戻っていたレナートはちらりと私を見たが、とても優しい手つきで私の手をぽん、と一度叩いた。

「貴族の結婚に私が口を挟むことはない」

レナートの言葉に、ウーゴとヴェロニカが口を引き結ぶ。そこを何とか、と言いかけたが、私もぐっと口を閉じた。どうしようもないもどかしさに泣きたくなってしまった。

「しかし、結論から言うと、ヴェゼンティーニ伯爵令嬢との縁談はなくなるだろう」

「えっ？」

ウーゴがすがるような目で顔を上げた。レナートが黙ると、ライモンドが手帳を取り出し淡々と話し始めた。

「ヴェゼンティーニ伯爵は現在、王城に軟禁されています。先ほど捕らえた賊との関係はすぐに明らかになるでしょうから、そのまま拘留となるはずです」

「伯爵は……一体、何を」

ウーゴは本当に何も知らないのだろう。大きく見開いた瞳が不安げに揺れている。その様子をじっと見た後、ライモンドが再び口を開いた。

「時系列的に説明いたしますと、まず我々は、違法薬物の材料となる物質が我が国から他国へと流れているとの情報を得ました。物質だけの流出でしたので、それがどこから生成されたものなのかを調べるところから始めなければならず、時間がかかってしまいました。どうやら臭いのきつい香辛料から取れる成分という結果から、ナヴァーロ村の作物が候補に挙がったのですが、小さな村だけに間諜《かんちょう》を送って探ることもできない」

ヴェロニカがはっとしたように口を押さえた。まさか自分の村の作物が違法薬物の材料となっているだなんて、思ってもみなかっただろう。ウーゴもその話に驚いているが、しっかりとヴェロニカの肩を抱いて支えている。

「ちょうどそこに、ナヴァーロ村の村長の娘が誘拐され、近隣では賊が多発しているとの報告が上がってきました」

「それでわざわざ王太子様が」

ウーゴが青い顔をさらに青くして目元を手で押さえた。今度はヴェロニカがウーゴの背中をさすってなぐさめている。

「いや、ほんとは来なくても良かったんですけど、あわよくばマリーア様に会いたいって言って」

「まだ自由に動ける身の内に、できるだけ国で起きている出来事は自分の目で見ておきたい」

レナートがライモンドの言葉を遮るように言った。王太子の声は余計なことは聞こえなくさせる作用があるのか、ウーゴとヴェロニカが憧憬《しょうけい》の眼差《まなざ》しでレナートを見つめている。

「ナヴァーロ村を治めるナルディ伯爵の子息に縁談が持ち上がっているとの情報も摑みましたので、おのずとヴェゼンティーニ伯爵の名も挙がって来ました。そこからは芋づる式に関係者が出てきましたので、この件は早々に解決するでしょう」

ライモンドは手元を覗こうとした私から身を引いて手帳を閉じた。

「どうやらあの臭いの成分が材料となっていたようですね。ナルディ伯爵の香辛料の加工場も調査しましたが、材料となる臭いの成分は適切に処理して廃棄されていたので、ナルディ伯爵の関与が疑われることはないでしょう」

「へー、あのくっさい臭いがそんなことに使えるなんてねえ。世の中には捨てていい物なんてないのかもしれないわね！」

私が感心してそう言うと、レナートは少しだけ眉間のしわを緩めて笑った。

「人に益をもたらすものになるのだったらね」

「それもそうね！　あはは！」

　ヴェロニカが私の笑い声につられて少しだけ笑った。その様子にウーゴが安心したようにほっと小さく息を吐いた。

「さて、帰りますよ。殿下は他にもたくさん仕事が残ってるんですからね。騎士を数人置いていきますから、ウーゴ様後始末お願いしますよ」

「承知いたしました。この件に関して協力は惜しみませんので、何でもお申し付けください」

　ウーゴが頭を下げると、ヴェロニカも一緒に頭を下げた。ライモンドに続いて部屋を出ようとしていたレナートがふと足を止め、食い入るように二人を見る私に気付いた。少し考える仕草をした後、ウーゴとヴェロニカに振り向いた。

「王都に来ることがあれば、ミミに会いに来ると良い。許そう」

　レナートが村娘であるヴェロニカに許可を出した。ヴェロニカは驚いて返事もできずにいる。

「ミミが君たちを気に入ってるようだ。彼女はこの国に来たばかりだから、仲良くしてやってほしい」

　レナートはそう言い、返事を待たずにライモンドと一緒に部屋を出て行った。

「私、アメーティス公爵家に居候してるから、遠慮なく遊びに来て！　できれば二人で！　ペアルックで！」

「ペアルックはちょっと。でも、必ずお伺いさせていただきます」

　ヴェロニカが出した手を私は両手で握り、ぶんぶんと振って握手した。レナートの護衛騎士に背中を押されながらヴェロニカとお別れし、屋敷を出ると既にレナートたちは馬車に乗っていた。

「ウーゴ様、ヴェロニカさんを必ず連れてきてくださいね！　是非お二人の馴れ初めから普段どう過ごしているかとか、デートのご様子とか、お話しする内容とか、あれやこれやを存分にご教授願いますね」

「どうしてそんなにぐいぐい来るのかよくわかりませんが、私たちにできることであればお手伝いいたします」

ウーゴが苦笑いしながら恭《うやうや》しく礼をした。

私はゴッフレードの手を借りて自分の馬車に乗ろうとしたら、そのまま肩に担がれレナートの馬車に押し込まれた。

「えっ？　私、こっちですか？」

「むしろ殿下が別々の馬車で帰すとでも思ってたんですか？」

相変わらず向かいの席の端に気配を消して座るライモンドがいつもの呆れた表情で言った。レナートは先ほどまでの厳しい表情はどこへ行ったのか、とても楽しそうにこちらを見ていた。

荷物はとっくに騎士団が用意した他の馬車に積み直されており、マッキオとゴッフレードはここでお別れらしい。馬車の窓を開ければ、二人がレナートに深く頭を下げた。

「殿下、お嬢様を宜しくお願いします」

「じゃあね、お父さんたちに宜しくね。余計なことは言わずに無事に帰って行った、と言ってちょうだい」

「俺も最近心の声が漏れるようになったので、言ってしまうかもしれません」

「口に絆創膏《ばんそうこう》でも貼っておきなさい」

「では、お嬢様、お気をつけて。あー、これで揉め事に巻き込まれずにのんびり帰ることができるな」

「ちょっと、さっそく漏れてるわよ」

ゴッフレードが両手で口を押さえ、マッキオが声を出して笑った。二人は私たちの馬車が出るまでずっと見守っていてくれた。

「本当に怪我はないですか、殿下」

私がそう言うと、レナートは右手をひらひらさせて「この通り」と答えた。

馬はとても速いスピードで駆けていて、瞬く間に過ぎてゆく田舎の風景が少しだけ名残惜しい気がした。立ち寄る予定のなかった村で出会った人たち。ヴェロニカとウーゴは会いに来てくれるらしいから、村人の話は彼らに聞けばいいか。

そして、後ろ髪引かれる思いと同時に湧いてくる期待感。

「うふふふふふふ」

「ミミ、嬉しそうだね」

「えっ、あの、ヴェロニカさんが遊びに来てくれるの楽しみだなって思って」

「そうか、良い友人ができたようだな」

「うふふふふふふ」

家には淑女の憧れアイーダ。

友人には愛され令嬢代表ヴェロニカ。

完璧だ。

二人を参考にすれば、愛され淑女マリーアの爆誕は間違いないわ。

「マリーア様、全部声に出てます」

「しまった！　思惑が全部バレた！」

不敵に笑う私にライモンドがじろりと視線を寄こす。窓に肘をついて私たちの話を聞いていたレナートが笑う。

「ミミはそのままで十分愛され淑女だよ」

「レナート殿下……」

「殿下、マリーア様を甘やかさないでください。愛され淑女が率先して他人の屋敷に不法侵入して兵士をぶちのめすなんてことするわけないでしょう」

甘い雰囲気になりかけた私たちの間に割り込むように、ライモンドが身を乗り出して言った。

「やだあ、そんなことまでバレてるの」

「あなたに戦うな、とは言いません。でも、自分から乗り込んでいくのはダメです。もし予想以上の数の敵がいたらどうするつもりだったんですか。反撃する程度に留《とど》めてください」

「……私もそうするつもりだったんですけどぉ」

「私が言っている意味はわかりますね!?」

「わかりません」

「っ、どっちですかっ」

「やめろ、ライモンド。ミミがこんなにも悲しそうな顔をしているではないか」

いつの間にかぴったり横に座っていたレナートが腕を伸ばして私をかばってくれた。その腕に隠れながら私は舌を出す。

「それが悲しそうに見えるのなら、本当に眼鏡を買った方がいいですよ」

ライモンドがギリギリと悔しそうに顔を歪めた。ライモンドを無視したレナートが、私の頭に視線を移した。

「その髪飾りが武器だったとは、アンノヴァッツィ家は本当に知れば知るほど興味が湧いてくる」

「これは、あの、武器に対抗するためだけで、決してこれで人を殴ったりはしないんです」

「私もおそろいで作ったらどうだろうか」

顎に手を置いて真剣な顔つきで言うレナートに、私とライモンドは慌てた。

「えっ、殿下の馬鹿力にこんなものを付けさせたら相手を即死させちゃう……あ、でも、殿下は髪がきれいだから羽のようなデザインの髪飾りにして、そこに毒針を仕込んで……」

「襟に付けてラペルピンのようにしたらどうだろう」

「むむ、それは良いですね」

「殺傷能力上げてどうするんですか！　お揃いの、アクセサリー、は、指輪って相場が決まってるでしょう！」

お揃いの武器って何ですか！　と息を荒くしたライモンドはいつも通り座席の隅に戻って行った。その様子を見て、レナートは楽しそうに笑っている。

「ふふ、殿下、ご機嫌ですね」

「ああ、ミミが何でもしてくれるって約束してくれたからね。ああ、危険なことは頼まないから安心していい」

「……お手柔らかにお願いしますね……」

もう絶対にあんなこと言わない！　私はそう心に固く誓った。

「今夜は次の街で宿を取っている。小さな街だが、遅くまでやっている店が多いから、夕食ついでに少し見て行こう。ミミは王都以外のルビーニ王国を知らないだろう」

「わあ、いいんですか」

「ああ、到着が遅いから多くは回れないが」

「見るだけで充分です。ありがとうございます」

小さなムーロ王国から来た私のために、少しだけ街を歩かせてくれるらしい。

そういえばルビーニ王国に来てからは、アイーダの後にひっついてひたすら大人しくしていただけだったから、あまり街を見て歩いたことはなかった。第一王子の婚約者だったアイーダはお忍びで街に出ることはほとんどなかったのだ。

私は自国とは比べものにならない大きさの都会の街を歩くことにとてもわくわくした。休まずに駆けつけてくれて疲れているだろうに、私のことを考えてくれるなんて、やっぱりレナートはいい人だと思う。

街に到着したのは通りの街灯が灯《とも》る頃だった。

大切に何度も補修され昔の面影を残した街並みは、古いけれど人の温かみを感じた。王都とは違って小さな窓のたくさんついた建物がぎゅうぎゅうにならび、その独特の色をしたレンガ造りの外装が異国を思わせた。

「わあ、やっぱりムーロ王国とは全然違いますね！」

私が馬車の窓に張り付いて言うと、レナートも同じ窓から外を見た。

「ここは建国当初からの歴史ある街で、領主があまり街並みに変化を加えすぎないようにうまく保護しながら治めているんだ。だから流行によりいつも変化していく王都とは違って、昔のルビーニ王国を感じる場所として観光にも力を入れている」

「へえ、だから遅くまでお店がやっているんですね」

「その分観光客値段だがな」

「王子様も値段とか気にするんですね」

「物価というものを知っておかねば」

私が驚いて振り向くと、レナートも驚いたような顔をしていた。王家の人は湯水のように散財するものかと思っていたが、違ったのか。そういえばバルトロメイはそれほど着飾ってはいなかったな。

「ロバ乗ってるくらいだし」

「誰が？」

レナートとライモンドがきょとんとした。

「うちの国の王太子様が、ロバに乗って我が家に遊びに来てました」

「ロバって、ロバ？」

「民と会話がしやすいからって、一時間の道のりを三時間かけて来てました」

「なるほど……」

「殿下はだめですよ、国の規模が違うんですからね！」

ライモンドが再び身を乗り出して言い、それをレナートが笑って手で制していた。でも私はレナートならやりかねない、と少しだけ疑っている。

「ムーロ王国は……バルトロメイ殿下だったかな。私より少し年上の、穏やかな方だったね」

「はい。二番目の姉の夫です」

「そうだった！　そうか、では公爵も私とミミの婚約にあれほど驚かなくても良かったのではないかな」

「え、うちの父が何かしたんですか？」

「王家の名を騙《かた》る詐欺師が書簡を送ってきた、と我が国に申し出がありました。なかなか信じてもらえなかったので、書記官から外務大臣まで果ては占い師まで派遣して説得しました」

「どこの国も最後は占い師に頼るんですか」

「いえ、最終的にはうちの騎士団長と公爵の一騎打ちがあったそうで。私にはよくわかりませんが、拳を交えればわかり合えるとかで、仲良くなったそうですよ」

なんだそれ、何やってんの。だから騎士団長がしつこく騎士団に誘ってくるのか。

馬車は大通りのひと際目立つ大きな宿に到着した。さすが王太子が泊まるだけあって、一番上の階を全て貸し切っていた。豪華な特別室がレナート、その両隣がライモンドと私だった。

部屋で一息ついた後、お忍びだと言うので一番簡素なワンピースを着て部屋を出た。平民の服装の護衛の騎士と一緒に廊下で待っていると、レナートの部屋の扉が開き、品の良すぎる平民の服装をしたライモンドが出てきた。似合いませんね、と笑っていると、彼は不機嫌そうに親指で後ろを指さした。

続いてゆっくりと部屋から出てきたレナートは、同じく品の良すぎる平民の服を着ていたが、全身から溢れ出す王子様オーラが全く消せていなかった。そう、全くだ。完全に高位貴族のお忍びなのがバレバレだった。

「わかりやすすぎて、逆に気付かれない、という高度な変装ですか!?」

私が呆然として言うと、ライモンドがずり下がった眼鏡を上げながら肩を落とす。

「殿下は自分の変装は完璧だと思い込んでいるので、合わせてあげてください」

「もっとこう、他に地味な服はなかったのですか」

「以前、使い古された平民の服を用意したのですが、違和感しかなく、余計に目立ってしまったのです。これが限界です。私たちは少し離れたところから付いて行きますので、マリーア様は決して殿下から離れないでください」

「わかりました。殿下を必ず守ります」

「敵を威嚇するだけで結構ですからね。人前で殴る蹴るは止めてくださいよ」

「極力」

「絶・対・に」

身を寄せ合って小声で話す私とライモンドに、レナートが訝しむような視線を投げてくる。

「殿下、時間がありませんのでさっそく出発しましょう」

「ああ」

それでもやっぱり、いつもとは違う地味な服装が嬉しいらしく、レナートは柔らかい笑顔で頷いた。宿の人たちに見送られながら外に出ると、レナートのすらりとした立ち姿に通りすがりの人たちが目を留めた。見られ慣れているレナートはその視線に気付くことなく、歩き出す。少し先を変装した騎士が先導しているので、彼に付いて行っているだけなのだが、レナートは時折足を止めて立ち並ぶ店のショーウィンドウに見入っている。

「お店に入りましょうか？」

私がそう言うと、レナートは慌てたように首を振った。もしかして私のためではなく、レナートのためのお出かけなのでは、という気がしてきた。

「普段は商人が城に持ってくる物を見るだけだから、こうして万人が同じ場所で同じ条件で同じ物を見ているということが面白いと思うのだ。人々はこれを見てどう思うのだろうか、と考えることが楽しい」

確かに自分のために選ばれた物しか見せてもらえない日々を送っていたら、愛着や興味というものとは無縁となるかもしれない。他人の気持ちを推し量ることを忘れないことは王として是か非かわからないが、こういうところがレナートの慕われるところだと思う。

「ミミ、どこか寄りたい店があれば、わぁっ！」

「見てください、殿下！」

レナートの腕をぐいっと引っ張って、無理やり体の向きを変えた。柄の悪い男たちが、今にも絡んで来ようとこちらの様子を窺っていたのだ。絶対に目を合わせてはいけない人たちだ。

「あら、熊かと思ったら手芸屋のおじさんでしたわ。おほほほほ」

「はは、確かに似ているけれど、あれは人間だな」

レナートが後ろを向いている隙に、私と騎士たちで男たちに全力の殺気を送る。威圧された男たちが怯《ひる》みながら人込みに姿を消した。

数歩歩いただけでこれだなんて、先が思いやられる。今までのライモンドたちの苦労が偲《しの》ばれた。

その後もうまくレナートの視線を逸らしながら、予約したレストランに辿り着いた時には、私たちは息切れしていた。レストランは特別個室なので、やっと気を抜くことができる。

王太子に毒見無しの物を食べさせるわけがなく、席に座ると用意済みだった食事が次々と運ばれてきた。王族の選ぶ店の食事はやはりとてもおいしく、昼にたくさん運動した私は出された皿を全て平らげた。給仕の男性の表情が少し引き攣《つ》っていて、食べ過ぎた、と気付いたのはデザートに差し掛かった頃だった。

「ミミ、何か欲しい物はないか？」

「えっと、じゃあ、その苺を」

「どうぞ」

レナートは自分のケーキに載った大きな苺を躊躇なく私の皿に載せてくれた。まさかケーキにひとつしかない苺をくれる人がこの世にいるなんて。

「そうではなくて、どこかに寄って買い物をしようか、と言っているんだ」

「ええと、アイーダとプラチド殿下にお土産も持ってきたし……。普段殿下は高くて良いお店ばかり行ってらっしゃるんでしょう。でしたら、殿下の入ったことのないようなお店に行ってみましょうか」

「そうか、では、安くておかしな店に行ってみよう」

「そんな店で何を買うつもりですか……」

レナートのお忍びを成功させる会、会員一同は、絡まれそうになったりぼったくられそうになったレナートをさり気なくかばいつつ、見慣れない街の景色を楽しんだ。

見上げる空は真っ暗なのに、街はそこかしこに煌々《こうこう》と街灯が灯され、一向に閉店の様子の無い店が大通り沿いに並んでいる。まるで昼間のような明るさと人の多さに、私は時間を忘れそうになってしまった。

「置き引きだ！　捕まえてくれ！」

大きな物が倒れる音と、叫び声。

人込みを強引に掻き分け、何かを脇に抱えながら走って逃げる男が見えた。私たちの後方にいた騎士の一人がすぐに走り出した。見てしまった以上、無視するわけにはいかないのだろう。

大通りから一本中の通りに入ると、歩道は古いままで何度も修復された跡がありガタガタと起伏が激しかった。店の数は一気に少なくなるが、温かい橙《だいだい》色の街灯がたくさん照らされているので寂しい感じはしない。

やはり大通りに比べてぐっと人通りが少なくなったので、私はわざとらしくレナートの腕にしがみつくように手をまわした。暗がりに連れ込まれて誘拐なんてされたら大変だ。もちろん、レナートが、だ。

私の心配を知ってか知らずか、レナートはとても嬉しそうにしている。そんな顔をされると、私も悪い気は……しない。

「あら、これは何のお店かしら」

「煙管《キセル》とタバコの店……かな」

ショーウィンドウに飾られた、精巧な細工の施された煙管に見入っていると、店の中の明かりがやたらと揺れているのに気が付いた。カウンター越しに店主と客らしき男が口論をしている。豊かな顎鬚を蓄えた店主の胸元を客が摑み上げ、今にも殴りかかろうとしている。ちらりと後ろを見ると、護衛の騎士の一人と目が合った。ライモンドがしぶしぶ頷くと、騎士は店の中に慎重に入って行き、仲裁を始めた。

どんどん減っていき、残り一人になってしまった護衛騎士。立て続けに起きる揉め事。いやな予感のする私とライモンドは、一度大通りに戻り近くの広場で休憩することにした。

広場にはたくさんの露店が並び、そこには簡易なテーブルとベンチが用意されており座って食べることができるようになっていた。レナートと私が同じテーブルに座り、ライモンドがその後ろのテーブルに座った。気を利かせた騎士が、露店に向かった。

「殿下はこうして露店で買った物を食べたことはあるのですか？」

「ああ、数えるほどだが、食べたことはある」

「へえ、何を」

「遅れてしまって申し訳ありません」

置き引きを追った騎士がやっと戻ってきた。しかし、その隣には険しい表情の警備隊員が立っていた。置き引きを捕まえ、事情聴取を受けたが、身分を明らかにすることのできない騎士が今度は逆に疑われてしまったらしい。ホイホイと王太子がここにいることを喋らないとは、なかなか口の堅い騎士だ。

ライモンドがこちらをチラチラと見ながら、警備隊と騎士を連れて人の少ない辺りに向かった。レナートのことは任せろ、とばかりに私はライモンドに頷いた。

「歩き疲れてしまったのではないか？　大丈夫か？」

か弱い女性扱いしてくれるレナートの優しさに、私はいつも心が震える。ルビーニ王国に来て良かった、と思わされる。

大丈夫です、と即答してすぐに後悔した。ここは、疲れちゃったぁ、と甘える場面だったんじゃあ？

テーブルに頭をがんがんぶつける私の髪をレナートがくるくると指に巻いて遊んでいる。露店から両手に袋を下げた騎士が戻ってきて、そのおいしそうな香りに私は顔を上げた。

「わあ、これは何ですか？」

「イカ焼きです」

「いかやき？」

「ミミはイカを知らないのか？」

「ムーロ王国は海がないので、あまり海産物は食べたことないんです。絵本では見たことがありますが……形が違いますね」

レナートと騎士がびっくりした顔で私を見た。絵本で見たイカは白く、平べったくて頭の三角が大きく、胴体についた大きな目をぎょろりとさせていたが、騎士の持ってきたイカ焼きは、表面が紫色で体がぷっくりと膨れていた。

「胴体に目がないわ」

「なかなか恐ろしいことを言う」

騎士がまず一口食べて毒見して見せた。一切れ串に刺して口に放り込めば、香ばしい香りと軟らかい歯ごたえに手が止まらない。焦げたたれが良くしみこんでいて、私は初めて食べたイカに舌鼓を打った。

いつの間にか用意していたハンカチで、レナートがたれまみれの私の口をぬぐってくれる。いつかは鼻水を拭いてくれたこともあった。おわびにいつか、ハンカチをプレゼントしなければ、と思った。

「時間がかかっていますね、ちょっと様子を見てきます。ここから動かないでくださいね」

騎士はそう言ってライモンドの方へ行ってしまった。私とレナートは二人で大人しくイカをつついていた。が、やはり慣れないせいか、いつの間にか私の手にたれがべったりと付いていた。

「ハンカチを濡らしてこよう。ここで待っていて」

「いえ、自分で行きますから」

「疲れてるんだから座っているといい」

レナートはすばやく立ち上がり、水飲み場の方へ歩いて行ってしまった。水飲み場はすぐそこで、何かあってもすぐに駆け付けることができるので、まあいいか、と私は座ったままでいた。

レナートが絡まれないかばかり気にしていたので、自分の前に誰かが立っていることなど気付かなかった。人の気配がして振り向けば、そこにはいかにも平民といった風の洒落《しゃれ》た服装の青年が立っていた。

レナートもこうやって着崩せば、ちょっとは高貴なオーラを消すことができるのではないだろうか。私はつい、じっくりと青年を観察してしまった。

「お嬢さん、一人？　良かったら一緒に遊びに行かない？」

「え？」

あら、知り合いだったかしら。そう思ってじっと顔を見たが、全く見覚えがない。

「えっ、もしかして、これがかの有名なナンパ……!!」

「……今までよっぽどモテなかったんだね……」

青年は哀れんだ顔をした後、あからさまに肩をびくつかせて驚いた。どうしたのだろう、と首を傾げたら、背後に笑顔のレナートが立っていた。

「すみません！　連れの方がいたんですねー!!」

青年は飛び上がるようにして逃げて行った。レナートは何もなかったかのように隣に座り、濡れたハンカチで私の手を拭き始めた。

「殿下、また気配もさせずに背後に。彼に一体何をしたんですか」

「何も？」

そう言って私にだけ見せる優しい笑顔が、いつになく恐ろしく見えた。これが王者、いや、覇者の風格……。

もしかして、レナートは私たちが守らなくても一人で何とかできるんじゃないか？　と思い始めた頃、疲れた様子のライモンドたちが戻ってきた。

「正直、マリーア様がいてくれて良かったと言うか、相乗効果と言うか……ここまで巻き込まれるとは」

ライモンドが何かぶつぶつとつぶやいているが、よく聞こえなかった。

街歩きも楽しんだので（主にレナートが）、私たちはそろそろ宿に戻ることにした。なるべく明るく治安の良さそうな道を選び、私はしっかりレナートの隣を歩いて周りに目を光らせている。

「ライモンド、この街だが」

「はい」

「賑わっている分、好ましくない人々も増えたようだな。この地区の治安についてどういう対策をしているのか、領主に確認しておくように」

「は」

ライモンドがすぐに手帳にメモをした。自然と騎士たちの背筋が伸びる。

「気付いてらっしゃったんですね」

「そりゃあね」

「その割には、平然としてましたけど」

私が訊ねると、レナートはすっと目を細め王太子用の笑顔を見せた。

「どんな者であろうとも、私の大切な国民だからね」

私は思わずぎゅっとレナートの腕に縋《すが》り付いた。一生付いて行きます、王太子様！　私を含めお付きの者たちがレナートにメロメロになった。

「まあ、他国民だったら容赦しないけど」

「オゥ……」

すぐに眉間のしわを消したレナートは、さっそうと歩き始めた。

――パチン！

激しく弾ける音がして、私はとっさに飛んできた何かを左手で摑んだ。

「あっつぅぅ!!」

淑女としてあり得ない叫び声を上げながら手を振ると、地面に焼き栗が転がり落ちた。

露店の焼き栗が弾けて飛んできたのだ。

「殿下に当たらなくて良かった……」

「何言ってるんだ、すぐに冷やさないと」

レナートはすぐに私の手を取った。慌てて駆けてきた焼き栗屋の店主が冷えたタオルと氷を持ってきて手当してくれた。

私も言えた義理ではないが、レナートってトラブルを引き寄せすぎではないだろうか……。

もしかしたら声に出ていたのかもしれない。ライモンドたちが非常に気まずそうな表情をしている。先が思いやられる、皆の額にそう書いてあるようだった。

この先、私と一緒にいてレナートは無事でいられるのだろうか。アイーダのような大人しい令嬢を選んだ方が、平穏な日々を送れたのではないだろうか。

私は柄にもなく少しだけ弱気になってしまった。

「ミミ、大丈夫か。痛みはないか」

「すぐに冷やしてもらったから、この通り平気です」

レナートが何度も確かめるように私の手を凝視している。その真剣な表情に、私はぎゅっと胸が締め付けられた。何だろう、この感情は。何かを口にしなければならないのに、言葉が出てこない。

「ミミ?」

見上げると、すぐ近くに心配そうな瞳のレナートがいた。

「大丈夫です。これからも、私が殿下を守りますからね」

私がそう言うと、レナートは一度瞬いた後、とても嬉しそうにほほ笑んだ。

「それは頼もしいな」

あまりにも麗しいレナートの笑顔に、周りの騎士たちも、俺も！　私もです！　と続き、レナートはさらに嬉しそうにしていた。

「ほら、大丈夫なら、もう帰りますよ」

人差し指で眼鏡を上げながら、ライモンドがそう言い、私たちはゆっくりと歩き始めた。

宿の従業員は今か今かとレナートの帰りを待っていたようで、遅い時間なのに入り口に並んで出迎えてくれた。焼き栗屋の店主からもらったお詫びの焼き栗を従業員たちに配った後、私たちは自室に戻り、すぐに泥のように眠った。


大通りのひと際目立つ豪華な宿で一泊した私たちは、広い浴室と心地の好《よ》いベッドのおかげですっかり疲れも取れ、予定通り早朝に街を出た。

「ここからは途中休憩はとりますが、馬を急がせ、夜半過ぎに王都に到着する予定です」

「すまないな、ミミ。私の仕事が詰まっているせいで」

「私は平気です。体力だけが取り柄ですから」

「そんなことはない。ミミの取り柄は明るく元気で素直で親切で他人に真摯で健康で」

「はいはい、馬車が揺れますからね、あんまり喋っていると舌を噛みますよー」

褒められ慣れない私は、止めてくれたライモンドに感謝した。レナートが物珍しさだけで私と結婚しようとしているわけではないのはわかっているが、どうにもそう言った言葉には未だに動悸が止まらなくなってしまう。

赤い顔をしてうつむく私を、レナートが楽しそうに見ていた。

ライモンドと優秀な騎士たちのおかげで、何事もなく無事王都まで到着することができた。もう夜更けも過ぎた頃だったので、私はそのまま王城に連れて行かれた。先に連絡が行っており、きちんと客室が用意されていたのだった。

馬車から降ろされたお土産をすぐに仕分けしてから寝たので、起きたら昼近かった。ここまで誰も起こしに来ないことに呆然としつつ、慌てて身支度を整えていたら、王城の侍女が手紙を届けに来た。

手紙の主は王妃様からで、先日のお詫びがてら一緒に昼食を、と書かれていた。王妃様にお会いできるようなドレスを持って来ていないし、ちょっと面倒だったので丁重にお断りしようと思っていたら、アイーダが王城に到着したと連絡が来た。

昼食にはアイーダも呼ばれていたようで、私のドレスを届けに来てくれたのだった。

「おかえりなさい、ミミ。実家はどうだった？」

数日ぶりのアイーダは相変わらず美しく、女神のほほ笑みを携えて私の前に座った。王城の侍女が淹れた紅茶を飲む姿は指先まで完璧な角度で、まさにマナーの教科書のようだった。私はアイーダに教わったことを思い出しながら、慎重に紅茶をすする。

「家族全員とても元気だったわ。きっとアイーダのご想像通りに」

「ふふふ、皆さんとは久しくお会いしていないから、近々いらっしゃるのが楽しみよ。テオドリーコも大きくなったでしょうね」

私が正式にレナートと婚約した後、もしくは結婚式で私の家族はルビーニ王国を訪れることになるだろう。全員一緒にしたら相当うるさそうなので、できれば一人ずつ来てほしいところである。

「さ、積もる話は帰ってからにしましょう。ミミは急いで着替えてちょうだい」

アイーダが公爵家から連れてきた侍女たちに目配せをすると、私はあっという間に奥の部屋に連れて行かれ、窮屈なドレスを着せられ髪を巻かれ化粧をされた。これが面倒でなるべくなら王族には会いたくないのだ。

通されたのは王族専用のダイニングルームだった。正式な第二王子婚約者のアイーダはともかく、私が入っていいのか戸惑っていたら、王妃様の侍女に笑顔で促された。

「ようこそいらっしゃい。お座りなさいな、二人とも」

王妃様は既にテーブルについて待っていてくれた。

テーブルも椅子も可愛らしい貝殻のデザインを施されており、よく見れば内装やカーテンも女性的な優しい印象の物でまとめられていた。

「ここには私しか来ないから、くつろいでちょうだい」

王妃様がそう言うと、テーブルにはすぐに食事が用意された。私の前にだけやたらと肉や魚のフライなどが多めに盛り付けてあるような気がする。朝食を食べ損ねた私は、お腹が鳴るのを必死で我慢した。

「先日は、みっともないところを見せてしまって、本当にごめんなさい」

優雅な手つきで食事を始めた王妃様が、私に言った。

「プラチドにも怒られてしまったわ。いくらミミちゃんのことが好きだからと言って、がっついて独り占めするような真似をしてしまってはダメだって」

「いえ、そそそ、そんなことは」

「わたくし、本当はあなたが戦う姿も見てみたいと思っていたし、その、思っていることをつい言ってしまう、という可愛らしい姿も見てみたいとずっと思っていたの。それがあの日、一気に見ることができたから、こっ、興奮っ、してしまって……」

「王妃様、どうぞ」

アイーダがすかさず王妃様に紅茶を勧める。一口飲んで落ち着いた王妃様が、話を続けた。

「レナートが自分で婚約者を見つけてきた、と聞いてとても驚いたのよ。あの子はあまり自分の結婚に興味がなさそうだったから。生まれた時から王太子候補として育てられたから、常に国のことを考える子になってしまって……自分のために何かを選んだのは初めてじゃないかしら」

私は恥ずかしくなって、魚をぽいぽいと口に詰め込み、アイーダにじとりと睨まれた。

「身分も問題はないし、皆に好まれる性格といい、その辺の騎士よりも強いと聞いたし、次期王妃としてぴったりだと思うわ。この国はずっと国内の貴族との婚姻が続いていたから、そろそろ違う血を入れた方がいいのよ」

隣に前婚約者のアイーダがいるのにそんなこと言っていいのだろうか、とちらりとアイーダの様子を窺うと、彼女も深く頷いていた。きっとこんな話を以前から二人でしていたのだろう。

ここまで手放しで賞賛されてしまうと、どうにも頬がにまにまと緩んでしまい、淑女のほほ笑みを作るのに苦労した。

「きっととても元気な子が生まれるわねー」「ミミの姉弟は皆明るくて健康だからそれは間違いないと思いますわ」と、王妃様とアイーダが勝手に話を進める中、私はふと顔を上げた。

「そういえば、先日の犯人はどうなったのですか」

「ああ、そういえば、それもきちんとお礼しなければならなかったわね。本当にあの時のミミちゃんはすごくかっこ良くて、むしろ襲われて良かったとさえ……」

「オホン」

王妃様の背後に控えていた年かさのいった侍女が咳払いをした。

「あ、いえ、わたくしを守ってくれて本当にありがとう。それで、犯人なのだけれど、あの後すぐに捕まって今も牢に入れられているわ」

「私を狙ったのでしょうか」

王太子妃の座を巡り命を狙われることさえある、とは聞いていたが、あれほどあからさまに襲われるとは。私は気を引き締めて尋ねた。

「まあ、間接的にはそうね。捕まえた犯人によると、どうやら原因はイレネオのようなのよ……」

「イレネオ様!?」

「イレネオに捨てられた愛人の逆恨みらしいのよ。それが間に何人も入っているらしくて、そもそもイレネオは心当たりがありすぎてその令嬢を特定できないと言うのよ。本当に、王家の恥さらしだわ、あの子ったら」

「そんなにいるんですか」

「そうらしいわ。最近ミミちゃんに執着しているでしょう。ミミちゃんを危険な目に遭わせてイレネオを牽制したかったようね」

王妃様が困ったように頬に手をあて、ため息をついた。

下手したら王妃様に当たっていたかもしれないというのに、そんな危険を冒してまで攻撃をしてくるなんて、そうとう恨まれている。

「イレネオ様って見た目通り本当にどうしようもない人なのね」

「ミミ、声に出てるわよ」

「今のはあえて出した」

私がアイーダに怒られているのを見て少し笑った王妃様は、食事の手を止めて私たちに向き直った。

「あの子をかばうわけではないのですけれど、イレネオも若い頃はいろいろあったのです。まだレナートが生まれる前は、彼が王太子候補だったの。あの容姿もあって、王太子妃狙いの令嬢が付きまとい、彼を操ろうとする有象無象の貴族たちが甘い言葉で近づいてくる日々を送っていたそうよ。……レナートが生まれる頃には、イレネオはすっかり人間不信になっていて、あまり王城には姿を見せなくなっていたわ」

あの羽より軽い優男にそんな過去があったとは。私は少しだけイレネオに同情した。

「それがどこで何があったのかはわからないけれど、久しぶりに人前に出てきたと思ったら今のようなイレネオになっていたのよ……」

「私も子供の頃にお会いした時は、普通の優しいお兄さんという感じだったわ」

アイーダが悲し気に眉を下げた。もしかしたら今のイレネオは仮の姿で、自分が祭り上げられてレナートに迷惑をかけないようにしているのかもしれない。それなのに、私ったら彼にとても冷たくしてしまった。

私の食事の手が止まったことに気付いた王妃様が、明るい声で食事の続きを促した。

「まだその犯人の令嬢が見つかっていないから、ミミちゃんは気を抜かずに十分気を付けていてちょうだい」

王妃様に最後にそう注意され、私たちはダイニングルームを出た。プラチドのところに寄って帰る、と言うアイーダとは途中で別れ、私は騎士に案内されてレナートの執務室へ向かった。

夜会

執務室をそっと覗くと、レナートもライモンドも昨日の疲れなど全くないかのようなさわやかさで机に向かっていた。私がしばらくの間、部屋にも入らずに扉の隙間から中を窺っているので、騎士が戸惑っている。騎士の邪魔をしても仕方がないので、おそるおそる扉を叩くと、レナートが顔を上げ、嬉しそうに目を細めた。

「ミミ、よく来たね」

「ご機嫌よう、殿下。ライモンド様」

「体調はいかがですか。お疲れではないですか」

全く心配していない顔でライモンドが言い、私の返事を待たずにお茶の準備を始めた。

「ミミ、母上がすまないな。疲れていたのに、昼食に呼び出したと聞いた」

「いいえ。ゆっくり休んで起きたところでしたし、おいしい物をたくさん頂きました。お二人こそお元気ですね。早くからお仕事だったのでしょう」

「いや、今日はいつもよりもゆっくりだった。十分休ませてもらったよ」

「以前の殿下は不眠だった分、遅くまで一人で居残って早朝から仕事を始めていたので、今はとても健康的なんですよ」

「へえ、そうですか。そういえば、ええと、殿下、ご相談がありまして、私の実家に行った際には、眠る前の数え歌の話は決してしないでいただけると」

「そうだ、ライモンド、私のスケジュールはどうなっている。いつアンノヴァッツィ家に行くことができるのだ」

「そうですね、いろいろと調整しまして、殿下がいない間はプラチド殿下に代理を頼みますので、再来月くらいには何とか」

「遅いな。どうにかならないのか」

「プラチド殿下のご予定を調整していただきます」

「そうしてくれ。ミミ、あなたのご家族に会うのが楽しみだ」

「あ、はは。私もです」

言いそう！　レナート楽しそうに私の変顔数え歌の話しちゃいそう！

私が頭を悩ませていると、それを不思議そうに見ていたレナートが思い出したように膝を打った。

「そうだった。ミミ、そろそろダンスの練習を始めないといけないな」

「何のダンスですか？」

「来週、王城の夜会があるだろう」

「あ！　忘れてた！」

レナートの婚約解消とプラチドの婚約などがあり、しばらく開催されていなかった王城主催の夜会が行われるのだ。それは非公式ではあるが、プラチドとアイーダの婚約披露と、レナートの婚約者に内定した私のお披露目となる予定だ。プラチド、アイーダと一緒に、二組でファーストダンスを任されているのだった。

「マリーア様は運動神経が良いのでダンスがお上手だと伺っていますが、せめて一度は殿下と練習しておいていただきたいです」

「えっ、特に上手というわけではないですよ。誰がそんなことを言ったんですか」

「プラチド殿下です。二度ほど、踊られたことがおありになるとか」

確かに学院の小さなパーティで、プラチドはまだあまり友達もいなかった私をダンスに誘ってくれたのだ。それがきっかけで気軽に話しかけてもらえるようになり、友人もたくさんできた。

「プラチド殿下がおっしゃるには、とても独創的なターンを入れてくるので初見ではびっくりすると」

「独創的……ちゃんとアイーダから教えてもらって、最近は大股で踊らないように気を付けています！」

レナートが口元に手をあて、何かを考えるように眉をひそめている。それに気付いたライモンドと私が黙ると、レナートがちらりとこちらを睨んだ。

「プラチドと踊ったのか……」

「気になるのそこですか!?」

ライモンドが呆れながらも「この後少しだけ時間取りますから、お二人で練習してきてください」と言って部屋を出て行った。

王子様のレナートはデビュタントの令嬢たちのお相手を務めることも多く、エスコートに慣れていたので、一度合わせるだけで私たちは上手に踊ることができた。ダンスの講師からもお墨付きを頂き、ライモンドを安心させた。

夜会当日、私はレナートから贈っていただいたドレスをアメーティス公爵家の侍女に着付けしてもらった。髪型もドレスに合わせて華やかに結ってもらい、私は馬車の中で浮かれていた。

ワクワクしながら窓の外を見ていたが、ふと、窓に映るアイーダと目が合った。

「アイーダ、今日もとっても素敵ね」

「ありがとう。ミミもとても美しいわ」

にっこりとほほ笑むアイーダは、オフショルダーのドレスがとても良く似合っていた。華奢な鎖骨が見えていて、アップにした髪型と相まってとても艶《あで》やかだ。私の目の前には、髪の一本ですら一分の隙も無い淑女が腰かけている。

それに比べ窓に映った私は、派手な髪型に大ぶりな花の飾りが付いたドレスを着ていて見るからに健康そうだ。鍛えられた二の腕を隠すための七分袖の繊細なレースだけが唯一上品さをアピールしている。

ウェディングドレスを着るまでには、二の腕を細くするんだから！　待ってて、レナート！

向かいの席で女神が口を押さえてくすくす笑っている。また聞こえちゃったようだ。


王城に到着すると、すぐに王族用の控室に通された。

アイーダの向かいのソファに腰掛け、高級な菓子に目を留めることなく背筋を伸ばした。見ちゃダメ、苦手なコルセットしてるんだから、お腹が苦しくなっちゃう。

正式な手続きはこれからだけれど、今夜からは王太子の婚約者として扱われるのだ。反対する声が上がることは間違いないが、少しでもその声が小さい物であるように、自分のできる限りのことはしなければならない。一生懸命王太子妃教育をしてくれた講師やアイーダのためにも。

「ミミ、少し頂いたら」

私のやせ我慢を見抜いたアイーダが侍女に目配せをした。すぐに紅茶を用意した侍女がやって来る。上品な手つきでいくつかお菓子を皿に取り、私の前に置いてくれた。

「ありがとう」

「足りなければお言いつけください」

侍女は優しい笑顔で下がって行った。せっかく用意してくれたのだから食べなければ、でもコルセットが、と、悩む私をよそに、アイーダは静かに紅茶に手を伸ばした。が、すぐにその手が止まった。扉が開く気配がして、侍女が先に出迎えに行った。

「レナート殿下とプラチド殿下がいらっしゃいました」

私とアイーダは同時に立ち上がり、二人を待った。

開けられた扉から入って来た二人は、王族の盛装が良く似合っていた。壁際にいた騎士や侍女が頭を下げ、私とアイーダも礼をする。レナートがそれをすぐに手で制した。

「ここは控室だから、そんなに畏《かしこ》まらなくていい」

レナートはそのまま立ち止まることなく私の隣にやって来た。侍女にお茶を持ってくるように頼んだプラチドは、当然アイーダの隣に座った。

「とてもよく似合っている」

レナートが私の反応を楽しむかのように、真正面から褒めてきた。あわあわと声が出ない私をかばうように侍女が持ってきた紅茶に視線を移したレナートが、皿に盛られたお菓子に気付いた。それをひとつ手に取り、迷うことなく私の口に持ってきた。

「食べる暇などないだろうから、今のうちに食べておくと良い」

「え、あの、でも」

戸惑う私の口にひょいひょいとお菓子を放り投げるレナートと、反射的に全部受けて止めてしまう私。プラチドがその様子をまるでサーカスでも見るかのように目をキラキラさせて見ている。

「レナート殿下、口紅が落ちてしまいます」

見かねたアイーダが声をかけてくれ、レナートがここ最近で一番の笑顔を見せた。めずらしい彼の笑顔に、侍女たちが息を呑んだ。

アイーダが呼んだ侍女はすぐに化粧を直してくれ、私はより窮屈になったお腹をさすった。

ほとんどの招待客が揃ったとの連絡が来て、私たちはやっと立ち上がった。

王族はパートナーをエスコートしながら最後に入場するらしい。

そもそも私は鍛錬漬けの毎日で怪我をしていることも多く、自国でも夜会やらパーティやらにはあまり参加したことがなかったので、こういったルールには詳しくない。ムーロ王国は小国なので王族との距離も近く、わざわざ入場を分けたりはしないのだ。たまに参加したパーティでは、早めに到着して食事を楽しみ体育の授業のノリで学友の男子生徒たちとダンスをしていたので、今夜のようにエスコートされ注目を浴びてダンスするなど初めてのことだった。

豪華な衣装の人々をこんなにたくさん見ることもなかったし、参加者全員が上品な笑顔を浮かべてこちらを見ており、私はこれからどんな楽しいことが起きるのだろうとわくわくした。

扇で口元を隠し何かを囁き合っている女性たち。何か考える仕草をしながらこちらを観察している男性たち。

わかります、だって、私の隣と後ろには麗しい王子が二人と完璧淑女がいるんだもの。

馬車の中とは全く違う、口元にほほ笑みを携え背すじを伸ばしたアイーダを見て、私は高揚すぎていた気持ちを少し落ち着かせた。あやうく会場に入った瞬間に、こんばんはー！　と叫ぶところだった。

国王陛下の挨拶の後、楽団の演奏が始まった。厳格そうな王太子の表情のレナートが私の手を取った。数歩遅れてプラチドとアイーダが続き、私たちのファーストダンスが始まった。

練習通りに上品に踊る私を見て、自国の学友たちは何て言うだろうか。はしゃいでジャンプしそうになる私を、レナートがうまくいなしてくれる。視界の端で意識していたプラチドとアイーダのことも忘れ、気付けば私はレナートばかり見ていた。

「楽しいですね！　殿下」

私がそう言うと、レナートは少しだけ表情を緩めてほほ笑んだ。めったに見ることのできないその笑顔に、女性たちの嬌声が上がる、
終盤では練習より多めにくるくると回され、高めに持ちあげられた。その度に歓声が上がり、曲が終わった時には大きな拍手を頂いた。

「ミミが注目を集めてくれたおかげで、緊張せずに楽しむことができたわ。ありがとう」

アイーダがめずらしく頬をうっすらピンク色に染めてほほ笑んだ。

レナートとプラチドは、この後はしばらく女性たちのダンスの相手を務めなければならないらしい。

私とアイーダはその間、飲み物を頂いて休憩することにしたが、次々と挨拶にやってくる人たち

の対応に追われることになってしまった。王太子妃、王子妃に名前と顔を覚えてもらうことに必死な人たちが行列を作っている。

全くそんな素振りは見せないが、きっとアイーダは疲れていることだろう。私が朝の鍛錬《たいそう》をしていた頃から、今夜のための支度を始めていたのだから。

私は隙を見て近くにいた騎士にお願いして、アイーダを休憩させることにした。アイーダは正式なプラチドの婚約者なので王族席に行くことができるが、私はまだ行くことができない。

「ありがとう、ミミ。ごめんなさいね。疲れたら折を見て中庭に逃げるといいわ」

アイーダはそう言って騎士に連れられて行った。

私はその後もたくさんの人たちと挨拶を交わした。老若男女、様々な容姿と性格の人たちが入れ代わり立ち代わりやってきた。将来この人たち全員を覚えなければならないのかと思うと少しだけ気が重くなったが、よく見れば全員何かに似ているからあだ名を付けて覚えていけば何とかなるだろう、と楽観的に考えた。

そうしているうちに、歩き回ればあまり声をかけられないということに気付いた。歩いても歩いても端に到着しない広い会場をうろうろと歩き回り、声をかけられても足を止めずに挨拶だけで済ます。これはいい方法を思いついたな、と元気よく歩いていたが、人垣の隙間からレナートの姿が見えてしまった。

レナートはにこりともせずに無表情に踊っている一方、プラチドはにこにこと愛想の良い笑顔で踊っている。どちらもそれぞれ人気があり、次の相手は誰だ、と周りの人々が興味深げに話している。

レナートに手を引かれる令嬢は、髪も肌も艶々で、可愛らしいドレスが良く似合っている。長年日に焼けた私の髪も肌も、アイーダの侍女たちが日々手入れしてくれているおかげでかなり改善されたが、まだまだ彼女たちの足元にも及ばない。

明日からはほっかむりして日焼け対策して鍛錬《たいそう》しようかしら。

私はアイーダに言われた通り、中庭で休憩をすることにした。

テラスから中庭に出ると、涼しい夜風が肌を冷やして気持ちが良かった。中庭にいる人々は、それぞれ涼んだりのんびりと談笑を楽しんだりと、自分のための時間を過ごしているので、私に気付いても話しかけては来ない。なるほど、確かにここなら休憩できそうだ。

人気の少ない辺りの花壇に腰掛け、持ってきたオレンジジュースをごくごく飲んだ。ぷはー、と息を吐いたら、木陰で逢引《あいびき》きしていた二人と目が合い、笑われてしまった。

休憩のための場所とは思えない、まるで庭園と言った中庭は、丁寧に手入れされた花木と花壇に囲まれ、人目を避けることのできるような木陰もありながらも、きちんとほんのり明かりが灯されており、人の気配を感じるようになっている。

これからずうっとこの大きな国で暮らしていくんだなあ。

改めてそう思うと、不安なような頼りないような、かつ、予想もつかない楽しいことがきっと起るのだという期待感でわくわくした。いつ何が起きても対応できるように、体力作りだけはしっかりやっていこう、と心に決めた時、足元の明かりに影が差したように見えた。

振り返り見上げると、二階の窓辺に誰かが立っているのが見えた。

「イレネオ様？」

私が気付いたことに驚いた顔をしたイレネオが、そうっと窓を開けて身を乗り出した。

「あ、あぶなっ……！」

「はは、飛び降りないよ」

私がとっさに腕を広げて受け止めようとしたので、イレネオが笑った。

「そんなところで何なさってるんですか？」

「俺、王妃様に怒られちゃってさあ、しばらくこういった夜会には参加できないんだ。華やかなパーティ、艶やかな女性たちとのダンスと言えば、麗しの独身貴族イレネオ様だったのにさあ」

「まあ、ご自分で良く言いますね」

「これは紛れもない事実だから仕方がない。寂しくてここからこっそり雰囲気だけ味わっていたんだ」

窓枠に頬杖《ほおづえ》をついたイレネオは、本当に残念そうに会場へ続くテラスを見つめた。逆光になっているせいか、下から見上げるイレネオは少しだけやつれて見えた。よっぽど怒られたのだろうか。

王太子候補として貴族に目を付けられないように振る舞った結果のこの仕打ち。この人だって好きで侯爵家に生まれたわけではないのに。

『レナートの敵ではないけれど』という言葉の意味がやっとわかった気がした。

「桃のタルトあったでしょ、食べた？」

「いえ」

「今夜の夜会で用意されるって聞いてたから、俺、楽しみにしてたんだあ。残念だよ」

頬杖をつき、片手を窓の外へぶらぶらと下げているイレネオは、とても幼い子供のようだった。

どう見たって似ても似つかないのに、なぜか弟のテオドリーコの姿と重なって見えた。

イレネオもレナートも、そしてテオドリーコも周りに左右される運命を背負って生まれてきた。

私もついこの間まではそうだったのだ。

「桃のタルト届けに行きます！　そこにいてくださいね！」

「えっ、いいの？　抜け出して大丈夫？」

「レナートは今、他のご令嬢と踊ってるので、曲が終わるまでに戻れば大丈夫です」

「へえ、他のご令嬢と、ね」

薄暗い明かりの中で、イレネオが口の端を上げた気がした。

私は会場に戻り、一番大きな桃の載ったタルトを皿に取ると、近くの出入り口からそっと廊下に出た。

イレネオのいた棟へはどうやって行くのだろう。何となく歩いていたら、階段の前で背の小さな侍女がきょろきょろと辺りを見回していた。私に気付くと深く頭を下げた。

「イレネオ様からお迎えにあがるようとに承りました」

侍女について行くと、ひっそりとした一角にだけ煌々と明かりがつけられた部屋が見えた。

開いた扉から中を覗くと、イレネオはまだ窓辺から会場を眺めていた。

「やあ、ミミちゃん。今日は一段ときれいだね。こんな可愛い子を放っておくなんてレナートも罪な奴だな」

「イレネオ様、私はもうこれで戻りますから」

なかなか皿を受け取らないイレネオにぐいぐい皿を押し付けた。

「レナートはまた他のご令嬢と踊り始めたからまだ大丈夫だよ。俺がいない分、レナートとプラチドに殺到しちゃってるようだな。いやあ、二人には悪いことしちゃったなぁ」

全く悪く思っていない素振りでイレネオが言った。二人分の紅茶がテーブルに用意され、私は仕方なく豪華なソファの端に腰掛けた。

「やったあ、食べたかったんだよねえ。このタルト」

イレネオがフォークで大胆にタルトを真っ二つに割り、片方を一口で食べた。レナートに良く似た上品な顔での無作法な振る舞いに、思わず笑ってしまった。

「音楽も聞こえることだし、一緒に踊ろうよ」

「え、やです」

「超つれない」

イレネオが愕然とした表情をする。きっと自分の誘いを断られたことなんてないのだろう。

「ここにいる者たちは皆、俺が連れてきた口の堅い使用人だから大丈夫。レナートにはバレないって」

壁際には先ほどの侍女と、ひげの生えた中年の従者が控えていた。扉の横には兵士が一人立っている。

「バレるとかバレないとかじゃなくて」

「あーあ、夜会楽しそうだなあ。俺の人生で楽しいのって夜会でのひと時だけなのになあ」

「イレネオ様は夜会以外でも毎日楽しそうじゃないですか」

「いいじゃん、レナートだって他のご令嬢と踊ってるんだし」

再びイレネオが意地悪く口の端を上げた。うっ、と思わず黙ってしまった私の手を強引に引っ張って、部屋の空いているスペースへ移動する。

「この曲が終わるまでだからさ、付き合ってよ」

「この曲だけですよ！」

しぶしぶ上げた私の手を取り、イレネオは慣れた様子でくるくると回り始めた。控えている者たちは、表情を変えることなく私たちを見ていた。きっと彼らにとってこういうことはよくあることなのだろう。

「ミミちゃん、思った通りダンスが上手だね」

「そうですか？　プラチド殿下には独創的と言われてるようですが」

「そんなことないよ、基本をしっかりとマスターした上でのオリジナルだからこちらも合わせやすい」

「私は基本通りにしてるつもりですけど」

「……そうなんだ……独創的だね」

イレネオは言葉通り私に上手に合わせている。私が間違えても動じずにすぐに対応して、元のリズムに戻してくれた。

「イレネオ様も上手です。さすが年季が違いますね」

「はは、年のことはっきり言われると結構傷付くー」

そう言ってイレネオは腕を上げて私をくるりと回すと、先ほどよりも近くにぐい、と引き寄せた。

「この間はごめんね。俺が付きまとったせいで、勘違いされてミミちゃんが襲われたって聞いた。怪我しなくて本当に良かった」

イレネオは私の耳元で小声で謝罪した。眉を下げ、本当に申し訳なさそうな顔をしている。

私と王妃様が襲われたことは内密に処理されたので、本当に限られた者しか知らない。たとえ自分の使用人であっても、彼らの前で大っぴらに言葉にすることができなかったのだろう。

「ずっと謝りたかったんだ」

そう言ったイレネオはいつもの薄っぺらな笑顔ではなく、目を軽く細めた真摯な表情はよく見覚えのあるもので、ついつい許してしまいそうになる。

「イレネオ様」

「んー？」

「いつも、今のように振る舞っていれば、周りも落ち着くのではないのでしょうか」

「今のようにって……どうして？　普段の俺は落ち着きがないかな」

「イレネオ様は本当は、あまり人がお好きではないのでは、と伺いました」

「さっすがミミちゃん、聞きにくいこともはっきり言っちゃうんだね」

「人を遠ざけるためにそんな軽い態度なんですか？」

「……」

イレネオはニコニコとしながらも、返事をしなかった。

「あ、そうだ。大切なミミちゃんを危ない目に遭わせちゃったから、レナートにお詫びを用意したんだった。一緒に選んでくれる？」

まだ曲は終わっていなかったが、イレネオは私の手を引いてソファに戻った。

この部屋は本来だったら客室だったはずだ。しかし、家具や調度品は王城の物だが、そこかしこにイレネオの私物らしきものが置いてあり、彼がここを常用していることが丸わかりだった。

執務机らしき物の上には仕事に関係なさそうな本や鏡や香水の瓶などが置きっぱなしになってい

る。

イレネオはその机からラッピングされた長い箱を二つ抱えて戻ってきた。

「これなかなか手に入らないワインなんだけど、レナートどっちが好きかな。先にレナートのを選んで、残った方を王妃様に渡そうかなって思ってるんだ」

若葉のようなグリーンと、みずみずしい果実のようなオレンジ色のラッピングをされた、二つの箱の中身はワインらしい。

「どっちが好きかなって、ラッピングの色ですか？　レナート殿下が好きな色って何かしら」

「ちなみに俺は高貴な紫が好きかなあ」

「人は自分に無い物を求めるって言いますものね」

「ミミちゃんてほんと素直で可愛い」

イレネオががっくりと肩を落とした。そして、よろよろと立ち上がると、壁の大きな絵画の下にある古めかしいチェストに向かった。その上には無造作に飲みかけのワインボトルが並べられており、そこから両手にワインを一本ずつ持って戻ってきた。従者が用意した二つのワイングラスに、イレネオが自らワインを注いだ。その間、私はぼんやりと壁の絵画を眺めていた。

「この絵画は有名な方が描かれたのですか」

「え？　いや、有名ではないよ。まだ」

「まだ」

「うん、これから有名になってほしいなあって思って、俺が買ったんだ。こう、何か、どっぱーんと来る大きな波みたいで、かっこいいでしょ。でも、うちに飾ったら不評だったから、ここに持って来て勝手に飾ったんだ」

「ここ王城の客室でしょう。いいんですか、勝手に」

黒と濃紺をベースにした抽象画は、刷毛をこすりつけたようなエメナルドグリーンと細い筆で何度もなぞったような眩《まぶ》しいピンクがキャンバスを埋めていた。何が描きたいのか私には全くわからなかったが、少なくとも大きな波には見えなかった。

「いいんだよ、この部屋は俺しか使ってないんだから」

ひとつは白ワイン、もう一方は白のスパークリングワインのようだった。

「ミミちゃん飲めるんでしょ。味見してレナートの好きそうな方を選んでよ」

「お酒飲んだことないからわからないです」

「えっ？　成人した高位貴族でしょ。夜会とかで飲む機会なかったの？　食前酒も飲まない？」

「武術の練習ばかりで夜会とかあまり出たことなかったですし、我が家は体作りが基本なので食事中は青汁です」

「あおじるって何……、あ、いや、だいたい想像つくからいいや」

「アメーティス公爵家ではおいしいお水を出してくれます」

「うん、公爵家がまともで安心した。じゃあさ、一口だけ飲んでみて。初めてのお酒はこういう良い物から始めたほうがいいんだよ」

イレネオはそう言って、白ワインのグラスを私の手に持たせた。初めて嗅ぐアルコールの香りに少し目が回った。

「レナートはどうせミミちゃんと一緒に飲むだろうから、ミミちゃんが好きな物を選べばいいよ」

手に押し付けられた白ワインを仕方なく一口だけ飲んだ。強いアルコールの香りの割にはさっぱりと飲みやすく、甘いマスカットの味がした。

「わあ、おいしいです」

「でしょー、おいしいよねー」

イレネオが嬉しそうにほほ笑む。まるで自分のことを褒められたかのように首を傾げて私の顔を覗き込んでくる。その目に促されるように、今度はスパークリングワインを手に取った。イレネオが期待でワクワクした瞳で私の感想を待っている。

「爽快!!」

「わかる!!」

私が力強く叫ぶと、イレネオががっちりと握手してきた。喉を刺激する強い炭酸が心地よく、かつ柑橘系の香りが鼻に抜けて後味がすっきりしている。

「さっきの白と比べてどう?」

「さっきのもおいしかったです」

「そうでしょ、俺もこれよく飲むの。でも炭酸も捨てがたいよね」

「はい、さっぱりして、これの後はまた次を新しい気持ちで飲めますね。結果、どっちでもいい！が答えですね」

「うっそお、この時間何だったの」

「えっと、じゃあ、王妃様がスパークリングワインがいいんじゃないでしょうか」

「なるほど。あの人おしゃれな物好きだから、こっちにしておくか」

イレネオはオレンジ色の箱を指さし、こっち王妃様に送っておいて、と従者に命じた。

ちょっとだけ頬が熱く感じた私は、手で顔を扇《あお》ぎながら絵画を見上げた。

「いやあ、やっぱり女の子と話すのって楽しいなあ。あ、ミミちゃん、お水飲む？」

イレネオはそう言って、空いているワイングラスに水差しから水を注いで私の前に置いた。

「俺、絵とか彫刻とか好きなんだけど、ミミちゃん今度一緒に美術館行かない？　俺のお気に入りの美術館があるんだ」

「へえ、行きません」

「そんなこと言わずに、美術館は嫌い？」

「美術館は好きですけど、イレネオ様がちょっと」

「大丈夫！　慣れればきっと好きになるよ！」

「レナート殿下の親戚とは思えないポジティブさ」

「俺って見た目だけはレナートに良く似てるでしょ。デートの練習になると思うんだけど」

「練習？」

努力と練習こそが上達へ一番の近道。思わず反射的に背筋を伸ばしてしまった私を見て、イレネオはくすりと笑いながら自分のワイングラスに白ワインを注いだ。

「男をメロメロにする可愛い女の子の会話を教えてあげ……ん？　誰か来た？」

イレネオが手を止めて顔を上げた。確かに階段を上って来る数人の足音が聞こえてくる。耳をすませば、女性が一人と体格の良い男性が三人のようだ。男たちは軍靴を履いている。私は立ち上がり、イレネオをかばうように腕を伸ばした。

扉の横にいた兵士がタイミングよく扉を開けると、黒髪に真っ赤なドレスの女性が飛び込んで来た。

「イレネオ様!!」

「うわっ、ザイラ！」

ソファに片足をのせて逃げる姿勢のイレネオが、ばつが悪そうに口を歪めた。

髪を振り乱し肩で息をしている美女はイレネオと同じ年頃に見えた。派手な顔立ちなだけに、怒りで目を吊り上げた表情はとても恐ろしい。

どうやらお二人は知り合いのようなので、私は大人しくソファに座り直した。

「今度のお相手はその小娘ですの!?」

「えっ？　えっ？　ななな何のこと。この子はレナートの婚約者で、今は、一緒にプレゼントを選んでもらっていただけで、そんなことは」

「殿下の婚約者ですって⁉　わたくしだってアイーダ様のお顔くらいわかります！　そんな見え見えの嘘をつくなんて見苦しい！」

「あわわ、君が領地に行っている間にいろいろあって、この子はマリーアちゃんでレナートと婚約を」

「わたくしが領地に行っている間にいよいよ発見、コロコロマニアちゃんでデザートにコンタクト、ですって⁉」

「あんたどういう耳してんの⁉」

どしどしと大股で近づいて来る美女の肩をイレネオは両手で摑んで部屋の外へ押し出そうとしている。どうやら痴話げんかのようなので、お水を飲んで二人の様子を静かに眺めていた。レナートとケンカする時の参考になるかしら。いや、私とレナートがケンカすることなんてないだろうし。

「お嬢様！　それはワインです！」

「あら」

従者の声にはっと細めていた目を開けると、私はうっかりイレネオのワインを飲んでしまっていた。

「あらやだ、おいしくってついつい全部飲んじゃったわ」

「イレネオ様！　とうとうこんな若い子にまで手を付けるなんて！」

「ちょっと！　人聞き悪いこと言わないでよ」

「お嬢様、ああっ、そんな手酌で一気飲みなどおやめください」

「え、手酌って……ミミちゃん!?」

美女の肩から手を離したイレネオが振り返った時には、私はもう手が止まらなくなってごくごくとワインを飲み干していた。イレネオが慌てて私に駆け寄って来る。

「ミミちゃん！　いきなりそんなに飲んで大丈夫？」

「あはははは。これおいしいからだいじょ――ぶれす」

「だいじょ――ぶじゃないよね!?　いや、俺ほんとにレナートに怒られちゃうから、もう、やめて……」

「イレネオ様!!　やっぱりその小娘が」

「ザイラ、ちょっと黙ってて。それどころじゃないから！　ミミちゃん、水、水飲んで。シモン、窓開けて部屋の空気入れ替えて」

慌てた様子の従者が窓を大きく開ける。びゅうと音を立てて入って来た風が、私の前髪を揺らした。イレネオが水の入ったグラスを取って私の口に無理やり押し付けてきた。それを見た美女が怒りに任せて地団駄を踏む。

私は何だか耳が遠くなってきて、なぜだろう勝手に体がゆらゆらと揺れた。あれ？　私はここで何をしていたんだっけ？　ソファの背もたれに体を預けると、自然と目が閉じてしまった。

「この期に及んでわたくしを無視するなんて！　お前たち、イレネオ様を計画通りお連れしなさい」

「えっ、何？　ザイラ、君いったい何を」

「イレネオ様、わたくしの家に行って、ゆっくりお話し、いたしましょう」

「いやいやいやいやいや、ちょっと待って！　それ一生家から出られないやつだよね!?　落ち着いて」

騒ぐ男女の声がうるさくて目を覚まし、ソファにくっついた体をばりばりと剥がすように、私は起き上がった。指で目をこじ開け、焦点が合うまで少し待つと、金髪の男が兵士に腕を引っ張られていた。ひげの男が背の小さな侍女に後ろ手を取られて押さえ込まれている。金髪の男が肘掛けに縋り付いて何かわめいているせいでソファが揺れ、私はソファから床に滑り落ちた。

窓から入って来る風が大理石の床を冷やし私の火照った足から熱を奪っていった。手を付いたテーブルにはちょうど水の入ったワイングラスがあった。両手でワイングラスを持ってごくごくと水を飲んだら、少しだけ目が覚めたような気がした。

視界がさっきよりも広くなり、耳も聞こえるようになってきた。

見上げると、金髪の男が二人の兵士に無理やり立ち上がらされているところだった。その輝く金髪には見覚えがある。

私は地面についた手にぐっと力を入れた。さっきまでふわふわと柔らかかった床はしっかりと固くなっており、足を踏ん張れば立ち上がることができた。

が、今度は私の足の方が勝手にふらふらと動き回り、支えをなくした手が空を舞う。何とか体をひねり金髪の男の腕の方に手を伸ばして叫んだ。

「レナートに触らないでー！」

しかし、兵士を突き飛ばそうとした腕は何もない空間をさまよい、私はバランスをくずして床に飛び込みそうになった。私を受け止めようと伸ばされた兵士の腕を両手でしっかりと抱き込むと、体が勝手に動き、そのまま一本背負いを決めてしまった。あまりの速さに受け身が間に合わなかった兵士が床で伸びている。

「っ、ちょっと何なのこの子！　先にこの子を取り押さえなさい！」

美女がそう叫ぶと、背の小さな侍女があり得ない速さで私の背後にまわった。振り向こうとした私の体はなぜか止まらず、その勢いのままダンスのターンのようにくるくると回転しながら移動して壁にぶつかった。

「!?」

派手な音を立てて壁に激突した私に驚いた侍女が立ち止まった。

ちょうどいい高さに木の棒が見えたので、体勢を整えようと掴まったら、それは簡単にぐらりと傾いた。

女性の悲鳴にびっくりして目を開けると、目の前の床で侍女が大きなハンガーラックの下敷きになっていた。王城の立派なハンガーラックは豪華な装飾が施されており非常に重そうだった。

「ひどい！　誰がこんなことを！」

私は壁に背をついたまま叫んだ。

ソファの前でひげの男が目を真ん丸に見開いてあたふたしている。お前か、小柄でか弱そうな女性にこんなひどい仕打ちをしたのは！

男に近づこうと一歩前に踏み出したつもりが、なぜか私の足は真横に動いていて、壁に背をつけたまま横歩きして移動していた。すると、急に背中の壁がなくなり、何でもいいから摑まろうと伸ばした私の手が何かにぶつかった。

「わああ！　それは王城の骨とう品ですー！」

壁をくりぬくように作られた飾り棚から、大きな花瓶がぐらりと落ちてきた。ひげの男が床に滑り込むようにして、花瓶を床に触れる寸前でキャッチした。

＊＊＊＊＊

姿の見えなくなったマリーアが、窓越しにイレネオと会話しているのを目撃した人々が中庭に多数おり、レナートとライモンドはイレネオが常用している客室へ急いでいた。

会場にマリーアがいないことに気付いたレナートは、早々にダンスを切り上げ捜索を開始した。

客に気付かれないようにライモンドと数人の騎士だけを連れ、王城の廊下を走った。

「監視のつもりで王城へ留め置いたが、やはりさっさと領地へ閉じ込めればよかった」

レナートはもどかしそうにぎりりと歯噛みした。

客室へと続く螺旋《らせん》階段を上っていると、何かが激しく倒れる音が階下に響いた。

「ミミ！」

長い足をさらに伸ばして階段を数段飛ばしで上り、イレネオの部屋の方向を見れば、扉は大きく開けられたままで廊下まで明かりが伸びており、中から男の叫び声が聞こえた。

扉の外にいた見張りの兵士が、レナートの姿に驚いて戸惑っていた。

見張りを無視してレナートが部屋に飛び込んだ時、床に腹ばいになったひげの男が青い顔をして花瓶を抱えていた。その横では堅強なハンガーラックの下敷きになった女がもがいていた。

「ミミ！　だいじょ……う……」

レナートが言葉を無くしていると、やっと追いついたライモンドが部屋の惨状に眼鏡をずり下げて呆気に取られている。

扉の陰に隠れるようにして、赤いドレスの化粧の濃い女が驚愕の表情を浮かべていたが、レナートと目が合うと開いていた口を更に大きくし、気を失わんばかりに床にへたりこんだ。ソファの前では兵士が一人倒れていた。捕まえようとする二人の兵士の腕を器用に避けながら、マリーアが千鳥足で部屋中を動き回る。

「レナートにはぁ、ゆびいっぽん、さわらせないわよぉぉ」

ろれつの回らないマリーアの声が部屋に響き渡った。

兵士の右腕をのけぞって避けたマリーアは、背中を弓なりに反らせ地面に手をつき、勢いよく兵士を蹴り上げた。ふらふらながらもきれいに宙返りしたマリーアは、立ち上がったがすぐにバランスを崩し、背後の壁に頭を打ちそうになる。

「ミミ！　危ない！」

「へっ？　レナート？」

のけ反った姿勢をいきなり戻したマリーアの頭に、激しく頭突きされたもう一人の兵士が床に倒れ込む。

一体何が起きているんだ。だが、こんなのどこかで見たことがあるぞ。テーブルの上で倒れたワイン……。

理解が追い付かないレナートとライモンドが同時に叫んだ。

「すすす、酔拳――――!?」

レナートの声がする方向に行きたいマリーアだったが、どうにも足がうまく動かない。よたよたとバランスを崩してはレナートを見失っている。体を支えようと掴まった花瓶や鏡をガラガッシャンと大きな音を立てて落としていく。

扉を押さえていた鎧《よろい》を着た兵士が狼狽《ろうばい》しながらも、マリーアに近づいて行った。

呆然と兵士の背中を視線で追っていたレナートは、ソファの背に隠れて腰を抜かしているイレネオを見つけて我に返った。

「殿下！　今、近づいたら危ないです!!」

ライモンドが止めるのも聞かずに、レナートは大股で兵士を追った。

千鳥足でくるくると回っているマリーアは、いつの間に抱えたのか大きなつぼをうっかりと鎧の兵士の頭にすっぽり被せてしまう。

「ミミ、落ち着くんだ」

つぼを被った兵士の背中をレナートが、どん、と押すと、視界をふさがれた兵士は前のめりになって壁に激突し、床に崩れ落ちた。

「レナート、どこぉ」

「ミミ」

振り回されるマリーアの両腕を器用に避けたレナートが、マリーアを抱きかかえた。

「レナート、ほんものぉ」

半開きの目を嬉しそうに細めたマリーアは、糸が切れたようにカクンと首を折って眠ってしまった。自分の胸にもたれかかってぐっすりと眠ったマリーアを見て、レナートは大きく息を吐いた。

床に転がっていた兵士たちは既に拘束されていた。騎士に両脇を支えられた赤いドレスの女が、「イレネオ様は私のものよー！」と叫びながら部屋の外に連れ出されて行った。ライモンドが扉の外に声をかけ、応援を呼んだ。

「ひぃ！」

ゆっくりとソファを振り向くと、イレネオが悲鳴を上げて床から飛び上がった。レナートが一歩近づくと、腰が抜けたままのイレネオが床に手をついて後ずさる。そのまま数歩近づけば、とうとうイレネオの背中が壁にあたった。

「イレネオ……」

「うわわ、話せばわかる！　違うんだ、聞いて！　レナート！」

イレネオが両手を大げさに振ってレナートをなだめようとするが、レナートは瞬きもせずに彼の瞳だけを射貫《いぬ》くように睨んでいる。

「ミミとあの女性の様子からだいたいの事情は察したが、一応聞いてやる。ミミに何をした」

「違う、そんなつもりはなかったんだ！　一緒に一口だけワインを飲んで、ちゃんと会場に帰そうと思ってたんだよ」

「ほう。一口だけ」

「あの女が来たのは本当に、偶然で、こんなことになるなんて俺も予想外で」

「なるほど」

「ミミちゃんを帰そうとしているところにあの女が来ちゃっただけで」

「王太子様、その男はそのご令嬢をいやらしくデートに誘っていました！」

「あっ、このやろ、裏切ったな」

縄で拘束された侍女が恨みがましい声をあげた。しかし、レナートは瞬きもせずにイレネオだけをじっと見据えている。

「レナートは勘違いしている。俺は年長者としてミミちゃんの恋の相談に乗ろうとしていただけで」

「二度もミミを巻き込むとは」

「俺だってそんなつもりはなかったし、ミミちゃんがああなったのは不可抗力で」

「捕らえろ」

「レナートぉぉぉぉ――――!!」

騎士たちに縄でぐるぐる巻きにされたイレネオが、ずるずると引きずられて行く。

「一生牢から出すな」

「ごめんって――――!! レナートぉぉぉ」

床を引きずられて行くイレネオは、悲しい叫び声と共に廊下の暗闇へ消えて行った。

花瓶を抱えて茫然自失となっている従者に怪我がないか一応確認していたライモンドが、レナートの元へやってくる。

「従者に聞いたところ、マリーア様はあのワインを半分ほど飲んだようです」

レナートは腕の中で眠るマリーアを見て、改めて安堵《あんど》した。思わず力を込めてしまった腕に、マリーアが「ぐえっ」と言い、慌てて緩める。

マリーアは確か酒を飲んだことがなかったはずだが、これほど弱かったとは。いろいろと部屋を破壊していたが、怪我がなくて良かった。

しかも、何がどうなったのかわからないが、マリーアは自分を助けるために騎士をぶち倒していたようだった。

こんな緊急事態にもかかわらず、少しだけ、いや、かなり嬉しい、と思ってしまったレナートは、頬が緩みそうになるのを必死で堪え、眉間のしわを深くした。

「イレネオ様を本当に一生牢に入れるおつもりですか」

捕縛した者たちを連行する騎士たちがレナートから目を逸らす中、ライモンドだけはもの言いたげな目でレナートに尋ねた。

「そうしたいところだが、痴話げんか程度ではそれほどの罪には問えない。イレネオは襲われた側だ。一晩牢で今までの自分の行いを反省させる程度だろう。伯母上もうるさいだろうし」

「侯爵夫人から苦情が来たら、領地に送り付けますね」

「ミミには部屋を破壊したことは言わなくていい」

「かしこまりました」

レナートは壁に掛けられた大判の絵画を見上げた。部屋の調度品は散々たる状態になっているが、この絵画だけは傾くことなく堂々とその存在を訴えかけてきている。

イレネオも、昔のようにおとなしく絵を描き続けていれば良かったのに。

すやすやと無防備に眠るマリーアは、まるで子供のようで可愛かった。レナートはマリーアを抱え直すと、そっと扉を出た。

「どちらへ。レナート殿下」

薄暗い廊下の、レナートの足元にライモンドの影が重なる。レナートが気まずそうに振り返ると、笑顔のライモンドがレナートの服の裾を摘まんでいた。

「賓客用の客室はあちらですよ」

「……」

「結婚するまで、せめて正式に婚約するまでは二人きりにはしないって言ってるでしょう！　殿下とマリーア様を客室へご案内しろ！　決して殿下の私室に行くのは阻止しろ！」

ライモンドが近くにいる騎士たちにテキパキと指示を出す。

「……違う、そんなつもりは」

「はいはい、さっきも同じようなこと言ってる人いましたよー」

「私の部屋に行こうとしたわけではない。せめて近い部屋に寝かせようと思ったんだ」

「あなた夜会を抜け出して来てるんですからね、早いとこ戻ってもらいますよ！」

ライモンドが容赦なくレナートの背中をどしどし押し出し、レナートは騎士に囲まれ違う階の客室へ向かわされた。

一方その頃。ホールの王族席では、一人で大勢の令嬢の相手をこなしたプラチドがアイーダの甲斐甲斐しい介抱を受けていたのだった。

ぐっすりと眠ったマリーアは、次の朝、体の不調もなく清々しく目覚めた。そして、「何かちょっと老けたレナートの夢を見た」と言って元気よくアメーティス公爵家へと帰って行った。

「信じてください！　あのご令嬢がレナート殿下の婚約者だったなんて知らなかったんです。イレネオ様の下へ忍び込ませた侍女から、イレネオ様が最近また新しい若い女にご執心だ、と報告を受けていたので、少し嫌がらせしてやって二人を別れさせなさい、と言っただけなんです！」

「その侍女からの報告書にはマリーア嬢については書かれていなかったのか？」

「そういえばまだいろいろ続きが書いてあった気がしますが、その、腹が立って、読んでいる途中で報告書をびりびりに破いて捨ててしまったので……」

ライモンドはイレネオの部屋を急襲した女の聴取に同席していた。

ザイラという女性はとある裕福な伯爵の未亡人で、イレネオの愛人の一人だった。非常に嫉妬深く、だんだんとイレネオの足が遠のいて行ったのを深く恨んでいたようだ。あの侍女はザイラの雇った間者だった。使用人をすぐに入れ替えるイレネオのもとに自分の配下の者を潜り込ませるのは容易だったのだろう。しばらく領地に籠って侍女からの報告を受けていたが、一向に自分のもとへ来る様子のないイレネオに業を煮やして王都へ出てきたそうだ。

イレネオとマリーアが密会していると侍女から報告を受けたザイラは、現場に踏み込むために駆け付け、今回の騒動となってしまった。いざとなったらイレネオを自分の屋敷に閉じ込めてしまおうと思っていたらしい。

「確かに侍女には細かく指示はしなかったけど、私はドレスにお茶をかける程度の嫌がらせを命じたつもりだったんです！　まさか、お、王城で、王妃様と一緒にいるところを暗殺者に狙わせるだなんて、そんなことっ、一体誰が想像するっていうの!?」

「では、侍女の解釈違いだったということだな」

「そうです！　すぐに来てくれる間諜を手配したら、あんなポンコツ侍女だったのよ！」

「ポンコツだからスケジュールがら空きですぐ来てくれたんでしょうね」

ライモンドがそうつぶやくと、ザイラは机に顔をつっぷして「こんな大事になるとは思わなかったわよー！」と泣き叫んだ。

ザイラを始め侍女にもそれなりの処罰が下るだろう。侍女を辿れば暗殺者組織にもつながるかもしれない。後のことをしかるべき部署に任せ、適正に処理するように指示をしてライモンドは聴取室を出た。

たくさんいる愛人のなかで、よりによって目を付けられたのがマリーアだったことについては、運が悪いのか、それともやっぱり、なのかはわからないが、マリーアで良かったと言わざるを得ない。

ライモンドは一度そう報告書に記したものの、すぐにその部分は削除した。巻き込まれて良かった、なんてことがあってたまるか。

マリーアはまだレナートの婚約者に内定しているだけ。正式な婚約者でなければ、今後何か起きたとしても王城の騎士団などを動かすことはできない。

早急に婚約の手続きを済ませなければ。もたもたしていたらあのご令嬢はまた何かに巻き込まれるだろう。

王家のためではない。全てはレナートのために。

ライモンドは手帳を開き、レナートのスケジュールを確認した。立太子の祝いに各国から賓客が日々訪れ予定はびっしりだ。まるで複雑なパズルに挑むような気持ちでレナートのスケジュールの調整を始めた。

＊＊＊＊＊

夜会から三日。

私は王城の騎士団の鍛錬場にいた。

あの夜、イレネオにタルトを持って行ってワインを飲んだまでは記憶がある。美しい女性が訪ねてきたような気もするが、誰だっただろうか。酔った私はそのまま眠ってしまい、イレネオがレナートを呼んでくれたのだそうだ。

その後は目が覚めたら王城の客室で、おいしい朝食をごちそうになって帰った。こんなにおいしい朝食が毎日食べられるのなら、と婚約者としてやる気を出した私は王太子妃教育にも今まで以上に真剣に取り組むようになった。

「マリーア様、お待ちしておりました。それがアンノヴァッツィ公爵家の制服ですか？」

鍛錬場で各々励む騎士たちを眺めていた私に騎士団長が声をかけてきた。父と一騎打ちしたとか聞いていたが、父に比べればずっと若そうだ。背も高くマッキオ並みに筋肉が隆々としているが、大国の貴族なだけあって落ち着いていて品がある。

「ええ、動きやすくて気に入ってるんです。練習に参加させていただいてありがとうございます。実家から制服を持ってきて良かったわ」

「我々の方こそ、アンノヴァッツィ武術に興味のある者ばかりですから、皆楽しみに待っていたのですよ」

今日の王太子妃教育は午前中のみだったので、午後から騎士団の合同練習に参加させてもらうことにしたのだ。

あんなちょっぴりのワインで眠ってしまうなんて、体力が落ちている証拠だ。こんな体たらくではレナートを始め王城の皆を守ることなんてできない。

そう話したら、騎士団長が快く合同練習への参加を許してくれた。

騎士団長が声をかけると鍛錬場にいた騎士たちがすぐに集合し、私は簡単に自己紹介をしてから準備体操に参加した。

「ムーロ王国の警備隊員は皆、まずは武術を習ってから入隊すると伺っています」

円陣を組んでストレッチしている最中に、隣の騎士が目をキラキラさせながら話しかけてきた。

その声に、周りの者たちも興味津々で耳を傾けている。

「全員ではありませんが、ある程度我が家で鍛錬してから警備隊に入る人が多いですね。ムーロ王国は平和であまり剣を抜いて戦うようなことが起きないので、接近して素手で戦えることの方が重視される部署もあります」

「へえ。でも、ここでだって街中で長剣を抜くわけにいかないこともあるから、俺も習いたいなあ」

「俺も」

見た目通り体の硬い騎士団長が深く頷いた。

「マリーア様、我々にも武術の基礎を教えていただくことは可能だろうか」

「ええ、構いませんわ。私は師範の資格を持っていますから」

わあっ、と団員から声が上がった。

「では、まずは受け身からやりましょうか」

眩しい太陽の下、たくさんの人たちと鍛錬に励むのはやっぱり楽しかった。私は次期公爵になることよりも、こうして皆と目標に向かって鍛えて強くなりたかったのだと改めて実感した。

「あの……マリーア様」

「よそ見しちゃだめよ！」

「よそ見って言うか……」

「目を合わせてはだめ！　我慢して！」

「わあっ！」

「よそ見するからよ！」

組み合った騎士の足を払いあげて投げる。ゆっくりと地面に降ろしたから怪我はないはず。敵と向かい合って目を逸らすなんてありえないことではあるが、二人一組での打ち込みを始めたあたりから、確かに私も気になってはいた。

木陰になった花壇の脇から、明らかにこちらを覗いている人影がある。鍛錬場の入り口にある花壇なので距離はあるのだが、あれはどっからどう見てもイレネオだ。

どうしよう、こんなに隠れるのが下手な人見たことない。そもそも、膝の高さまでしかない花壇に成人男性が隠れられると思っているのだろうか。騎士団長がガン見しているが、イレネオは全く動じる様子がない。

イレネオは微妙に身分が高いため注意できる者がいない、と聞いている。彼には近づいてはいけない、とレナートにきつく言われているが、ここは私が行くしかないだろう。このままでは皆の気が散って練習にならない。

重い足取りで花壇へ向かうと、鍛錬場の入り口が開き、レナートとライモンドが姿を現した。後ろからは数人の護衛騎士たちが続く。レナートはイレネオの背後にまわると、冷たい目で声をかけた。

「イレネオ、王城への立ち入りは禁止したはずだ」

「わあっ、びっくりしたあ。急に後ろから声かけないでよ」

「伯母上が慌てて迎えにきて牢から出したお前を連れて領地へ帰ったと聞いていたが？」

「いいじゃないか、王城の中には入ってないよ」

「ここも、王城の敷地内だ」

ぷくうと頬を膨らませるイレネオは大人げない。あの人本当に三十代なのだろうか。

「遠くからこっそり見るくらいいいだろ」

「見るな。ミミを視界に入れるな。ミミのことを一瞬たりとも考えるな」

「レナートが考えてるようなことは考えてないから！　本当に！」

イレネオが大げさに腕を振りながら立ち上がった。

自分の話をされているとなると、何となく会話に入って行けず、私は付かず離れずの距離で二人の会話を聞いていた。イレネオと向き合っているレナートは私に気付いていないが、ライモンドは私の方をちらちらと見て様子を窺っている。

「一晩暗い牢の中で蹲っていたら、突然インスピレーションが湧いたんだ！　俺たちを守ってくれる強い女神様の姿が！　その神々しい姿をこれから領地に帰って彫刻することにしたんだ！　大理石だって注文した。そのモデルとしてミミちゃんを目に焼き付けているだけなんだよ」

「やめろ、素人がいきなり大理石を削るな」

「俺って形から入るタイプだしぃ」

「知らぬ。お前はまずは紙粘土で団子から始めろ。とにかくさっさと出て行け」

「ひどいよ！　ミミちゃんを独り占めして！」

「もともとミミは私のものだ。これ以上ミミを見るな。イレネオを連れて行け」

「わっ、ちょっと、自分で歩ける……わあああ」

イレネオは護衛騎士に腕を摑まれずるずると引きずられ消えて行った。

額に手をあてたレナートが長いため息をつくと、ライモンドが私に目配せしてきた。

「あ、あの、殿下」

「ミミ？」

私の声に驚いて振り向いたレナートが、ぱっと顔を輝かせた。

「顔を真っ赤にしてどうしたんだ、ミミ」

「えっ、あの、その」

「いつから聞いていた？」

「えっと、最初から、です」

「……そうか……」

聞き間違いじゃなければ、ミミは私のものだ、って言ってた気がする。

うつむいて黙った私に、とうとうレナートまでが手で半分顔を隠して黙ってしまった。気まずい沈黙に耐えられない護衛騎士たちがそわそわし始め、ライモンドが眼鏡の下からじとりと視線を送って来る。

「ああ、もう。あなたたちそのうち結婚するんですから、いい加減そういうの卒業してくださいよ」

「ライモンド様。イレネオ様は何をなさってたんですか。牢に入ってたとか言ってましたけど」

「いや、まあ、牢のようなところにでも行ったのではないでしょうか」

牢のようなところってどこだろう？　と私が首を傾げると、険しい顔をしていたレナートが頬を緩めて私の頭を撫でた。レナートは私を見つめながら、ライモンドと会話を続けた。

「こう勝手にうろつくのなら、イレネオはやはり牢のようなところに入れた方がいいんじゃないか」

「牢のようなところに入れたらあの人、何やらインスピレーションが湧いてしまうようですよ」

「むむ。領地に閉じ込めようにも、伯母上が甘いからな。王姉でもある伯母上には私も命令はそうそうできぬ」

「あんなに反省しない人っているんですね。本当に殿下の親戚ですか」

「よくわかりませんが、私がこう、一回殴っておきましょうか」

「ミミに殴られたら喜びそうだからやめてくれ」

レナートは私が空中に打った軽いパンチを難なく受け止め、そのまま両手で私の手を包み込んだ。

練習中の騎士たちの視線を感じて、私はあわあわと手を振りほどこうとしたが、そうだった、レナートの手はなぜか振りほどけないのだった。レナートはそんな私の様子などお構いなしに、少し考える様子を見せた後、視線だけをライモンドに向けた。

「そうだな、では、イレネオに新しい側近を数人付けろ。全員、男で。女性さえ近くにいなければ、あいつは仕事はきちんとこなす。外国語は堪能だから、諸国からの来賓の対応を任せよう。あいつのスケジュールを当面びっしり埋めるんだ。イレネオの部屋の改修工事代の分、休みなく働いてもらうこととする」

「おお、それは、イレネオ様には一番の罰かもしれませんね」

「改修工事？　罰？」

再び首を傾げた私に、レナートとライモンドがさわやかな笑顔を返してきた。イレネオの部屋、どこか壊れたのかしら？

「そんなことより、それは武術の制服なのだろうか。ミミは紺色も良く似合うんだな。今度、紺色のドレスも作ろう。髪をまとめているのも可愛いな。そうだった、髪飾りも新調しなければな」

「はわわ、殿下！　無駄遣いはいけません！　私はもう練習にもどりますね！」

「ああ、しばらく見学させてもらうよ」

今度こそレナートの手を振りほどいた私は、両手で赤い顔を隠すようにして踵《きびす》を返した。走りながらちらりと振り返ると、レナートが優しい笑顔で私を見ていた。やっぱりその姿は今まで出会った誰よりも素敵で、私は目が離せなくなってしまった。そして、よそ見をして走っていた私は案の定、練習中の騎士にぶつかり、驚いた拍子にその騎士を思わず一本背負いしてしまったのだった。

お茶会

麗らかな晴天の下、ピノッティ侯爵邸ではごく私的なお茶会が開かれ、私とアイーダが招待されていた。

「田舎者はこのようなケーキの取り方も知らないのでしょうね！　この精巧かつ優美なフォルムを崩すことなく私が取り分けて差し上げますから、感謝なさい」

「わあ、ありがとうございます。ロザリア様って器用ですね」

ロザリアは今日もガッチガチの見事な巻き髪で私を見下しつつも、甲斐甲斐しく世話を焼いてくれている。

確かにムーロ王国では見たことのないような何が入ってるんだかわからない美しいケーキを小さな口でちびちび食べ、背筋を伸ばして紅茶を飲んだ。私は日々厳しくなっていく王太子妃教育を順調に習得し、卒業も近いのではと自負している。

「ロザリア様のお家はとっても素敵ですね。目に入る物全てご立派ですし、見て、アイーダ。このテーブル、こんなに華奢な脚なのにとっても頑丈。私もこんな風になりたいものですわーおほほほほ」

「……ミミ。あなたの向上心は感じられたわ」

「えっと、それは褒められた、ということで」

「間違えた、ってことよ」

「あちゃー」

ロザリアが半笑いと呆れの中間の顔で私とアイーダの会話を聞いている。そして、上品な仕草で紅茶のカップを持ち上げると、最も美しく見える角度で一口飲んだ。

「……マリーア様、何でもレナート殿下がムーロ王国にわざわざ足をお運びになるそうですわね」

冷たい口調ではあるが、私の跳ねた髪を片手で直してくれながらロザリアが訊ねた。彼女は令嬢でありながらも、美容に関することにとても詳しく、化粧や髪結いなども自分ですることができる。つい必要以上に動き回ってしまう私の乱れた髪を激怒しながらいつも整えてくれるのだ。

「ええ、そうなんです。来月うちへ来て家族に会ってくださるそうです。その時に一気に婚約の手続きをしちゃうって、ライモンド様がおっしゃってましたわ」

「まあ、まだ手続きしてませんでしたの」

ロザリアが珍しくきょとんとした表情をした。それを見たアイーダも珍しくおかしそうに笑った。

「レナート殿下があまりにもミミにご執心だからか、皆さんそのようにおっしゃるんですよ」

「アイーダ様には失礼ですけれども、あんなレナート殿下初めて見ましたもの」

「ふふ、ミミだから、殿下もあんな表情をなさるんでしょうね」

アイーダとロザリアが扇で口元を隠しながら笑う。この二人はつい先日までレナートの婚約者とその座を狙う令嬢だった。それがなぜ二人揃って私をからかっているのか……。

私は赤い顔を隠すように両手で頬を覆った。

「そういう時は扇を使いなさい、と教えたでしょう」

アイーダにぴしりと手を叩かれ、私は慌てて扇を広げた。

三人で扇から目だけを覗かせてしばらくの間見つめ合った後、堪えきれずに全員で声を上げて笑った。

「おやおや、ずいぶんと楽しそうですね」

扉がノックされ、すらりとスタイルの良い紳士が部屋に入って来た。

体の線を最大限に品よく見せるよう計算されたフロックコートに身を包んだこの紳士は、ロザリアの父であるピノッティ侯爵だ。髪の一本一本までコーティングされたように輝くオールバックが良く似合っている。

「侯爵様、お招きいただきありがとうございます」

「国一番の女神と名高いアイーダ様がご訪問くださるなんて、恐悦至極。我が家の格も上がるというものです」

アイーダに挨拶した侯爵が、ゆっくりと私に振り返り最高の笑顔を見せた。

「マリーア様も本日は本当にご訪問ありがとうございます。これからもどうぞ、うちのロザリアと仲良くしてやってください」

「こちらこそ！　ロザリア様にはお世話になりっぱなしなんです」

私がそう言うと、ロザリアが気まずそうに眉をひそめながらも頬を微かに赤く染めた。

王都に戻ってから、ナヴァーロ村のヴェロニカから手紙が届いた。正式にウーゴと婚約した、と書いてあった。その手紙を見て、私はふと思いつきでロザリアにナヴァーロ村の不思議な作物の話をしてみたのだ。

「柑橘類ではないのに、花と一緒に嗅ぐと柑橘の香りになる……!?」

ロザリアはそうつぶやいた後、しばらく考え込み、すぐに侯爵家に帰って行った。化粧品、特に香水に関しては造詣の深い侯爵はすぐにこの話に飛びついた。

侯爵自らがナヴァーロ村を訪れ、作物を持ち帰り研究した結果、花だけではなく、果物の種、香木の葉などと合わせても香りが変わることがわかり、新しい香水の開発を始めたそうだ。第一弾の試作品は概ね成功で、私とアイーダも試供品を頂いたばかりだ。

もしこれがうまくいけば、ナヴァーロ村は今よりずっと裕福になる。作物だってもっとたくさん作らねばならなくなるだろうから、人口も増えるかもしれない。先日再び届いたヴェロニカからの手紙には、ウーゴと一緒に作物の刈り取りの真っ最中だが、一段落ついたらお礼を兼ねて王都を訪問すると書いてあった。

「マリーア様からご紹介いただいた作物のおかげで、我が領も更なる発展を遂げそうです。本当に何と言ってお礼を申し上げたらいいのか」

侯爵が揉み手しながら体をくねらせる。

ロザリアが王太子の婚約者を狙っていた頃は私たちを目の敵《かたき》にしていたくせに、ころっと手のひらを返してきた。さすがやり手の貴族である、と感心せざるを得ない。

「私はただ、帰国した道中の思い出話をしただけで、それに気付いたのはロザリア様ですわ」

「ナルディ伯爵もご紹介いただいて」

「間に私が入ると間違ったことを伝えてしまいそうですから、直接やり取りしていただいた方がいいと思っただけです」

「是非今後も何か有用な情報がございましたら、まずはわたくしめにご相談いただけるように、切に、切に」

ダンディな紳士が体をくねらせる様子にアイーダがそっと目を逸らし、ロザリアが心底嫌そうな顔をしている。

「お父様、私たちまだお茶会の途中ですのよ。さっさとお仕事にお戻りくださいませ」

「おお、そうだった。申し訳ない。では、お二人ともどうぞごゆっくり」

侯爵はくるくると回りだしそうに浮かれた足取りで部屋を出て行った。

可愛らしいメイドが笑顔で新しい紅茶を注いでくれる。ピノッティ侯爵家の使用人は皆髪型も化粧もとてもきれいで、お仕着せの制服も凝っている。

「お屋敷全体もとてもいい香りがするんですね」

私がすんすん鼻を鳴らして匂いを嗅ぐと、アイーダにきゅっと鼻を摘まれた。

「扇にほんの少しだけ香水をかけると楽しめますわよ」

ロザリアがすっと自分の扇を広げ、私を軽く扇いだ。風に乗ってふんわりと甘い香りがした。

「わあ、微かにですけど、バラの香りがしました」

アイーダがちらりとロザリアを見ると、一瞬ためらった後、ロザリアがアイーダも扇いだ。

「とてもいい香りね」

「私、この香りがとても好きなんですの。好きな香りと似合う香りは違うもの。でも、こうして表情や感情を隠すための扇に好きな香りを付けておきますと、嫌なことがあっても少しだけ気分が晴れるでしょう」

「素敵！」

私が声を上げると、アイーダも賛同するように頷いた。

確かにムカつくけど言い返すのを我慢した時に良い香りを嗅いだら、胸がすっとするかもしれない。そうか、高貴な令嬢たちはこうして品を保っていたのか。

「勉強になります」

私が心底感心してそう言うと、ロザリアがさっそく扇で顔を隠した。

「こんなことも知りませんのね！　お里が知れますわ」

「そういえば、好きな香りと似合う香りは違うのですか？」

「はぁ～、本当にこれだから田舎者は。教えてさしあげますわ」

ため息をつきつつも、ロザリアは自分の得意分野の話になり、前のめり気味に私の方を向いた。

「香水というものは、同じものを付けても人によって香りが変わりますの」

「そうなんですか？」

「体温や体臭、普段使っている化粧品などとの相性で香りは変わります。ですから、私の香水をマリーア様が使っても全く同じようには香りませんのよ」

「へえ。じゃあ好きな香水を付けても、好きな香りになるわけじゃないってことですか」

「そうなるわね」

熱心に語ったロザリアは紅茶を手に取り喉を潤した。アイーダがパチンと扇を閉じ、私を見た。

「ロザリア様は、そういった香りの変化も考えた上での香水選びがとてもお上手なのよ」

「わあ、すごい！　どんな風に変化するのかもわかっちゃうってことですか!?」

「おほほ、ピノッティ侯爵家の娘ですもの、それくらい造作の無いことですわ」

「すごいなあ、私に似合う香水ってどんなのかしら」

「ミミはあまり香水をつけたことがないから、イメージが湧かないかもしれないわね」

「こればっかりは経験とセンスが必要だからなあ、私もいつかそういう香水に出会う日が来るのかしら」

「今まで出会ってないのなら、難しいかもしれないわ。困ったわねえ」

アイーダが悩まし気に頰に手を寄せ、横目でロザリアの様子を窺う。口をむにむにと動かして落ち着かない様子のロザリアが、口を開いては閉じ、少し考えては口を開き、を数回繰り返した。

「わっ、私がマリーア様に合う香水を選んで差し上げても良くってよ」

「わあい！　やったあ」

私が上げようとした両手を、アイーダが押さえてにっこり笑った。危ない。全力でバンザイしてしまうところだった。

「……その、アイーダ様の分も、もし、よろしければですけど、選んで差し上げてもよろしくってよ」

アイーダが一度瞬いた後、にっこりと笑った。お茶会用の淑女のほほ笑みではなく、本当に嬉しそうな笑顔だった。

「ありがとう、ロザリア様」

「香水はきちんと買っていただきますからね！　その、もちろん最初はサンプルとして差し上げますけども！」

アイーダとロザリアは一度冷たく睨み合った後、ぷっと吹き出して笑い出した。

私たちの楽しそうな笑い声に、もう一度侯爵が部屋に顔を出した。手にはたくさんの香水のボトルが載った盆を持っている。ちゃっかり私たちの話を盗み聞きしていたらしい。

侯爵はすぐに追い出されたが、ロザリアは本当に私に合う香水を選んでくれている。私の手を握って肌の状態などを確認しながら、真剣な表情でメモを取っている。

私に似合う、私だけの香水。レナートも気付いてくれるかしら。

私はテーブルに並べられた様々な色の香水のボトルを眺めながら、想像した。執務室を訪れた時。一緒に庭の散歩をしている時。いつ気付いてくれるだろうか。そして何て言ってくれるだろう。

「ミミ、大丈夫よ。レナート殿下はとても気配りの上手な方だから、きっと気付いてくださるわよ」

「また聞こえてた!」

アイーダとロザリアの笑い声が廊下にまで響いた。

＊＊＊＊＊

「先ほど、プラチド殿下が視察から戻られましたよ。すぐに報告を上げるとおっしゃっていました」

ライモンドがソファに座り眼鏡を拭きながら言った。マルケイ侯爵夫人がイレネオの騒動のお詫びに持ってきた王都の高級なフルーツカスタードパイを切り分け、レナートの前に一切れ持って行く。

「ありがとう。急に頼んでしまって悪かった、と伝えておいてくれ」

「ええ、殿下のスケジュールを急遽変更したのは私ですので、それはもう丁重に謝っておきました」

レナートが、はあ、と息を吐きながらパイにフォークをさしてフルーツを崩す。

「おや、めずらしく品のないことを」

「……っ、へくしゅん！」

レナートが口を押さえた。ライモンドが目を丸くする。

「今の、くしゃみですか？」

「どう聞いたって、くしゃみだが」

「ずいぶんと可愛いらしいくしゃみをするんですね」

「くしゃみに可愛いとか、あるのか……くしゅん！」

「殿下、風邪ですか」

レナートがむず痒《がゆ》そうに鼻をぐずりとさせる。

「イレネオの件でムカついて、久しぶりに眠れなかったんだ。だから眠くなるまで仕事をしていたら、明け方冷えたらしく鼻風邪を引いた」

「体調はどうですか。熱はありますか」

　ライモンドが心配そうにレナートの顔を覗き込んだ。来月のムーロ王国訪問のため、レナートの仕事の予定は詰めに詰めまくっている。一日休むだけでもかなりの調整が必要になってくる。

「大丈夫だ。問題ない。ただ、鼻が詰まっていて、臭いがまったくしないんだ」

「ああ、だからせっかくのフルーツも食べないんですね」

「こんなのミミに会えばすぐに治る」

「今日は、アイーダ様と一緒にピノッティ侯爵家のお茶会に行くと言ってましたね」

「友人が増えて何よりだ。だが、早く帰って来てほしいものだ……へくしゅん！」

　お茶会の後はレナートの執務室を訪れる、とマリーアは言っていた。気心の知れた友人との楽しい会話をお土産に、自分に会いに来る愛《いと》しい婚約者の姿を思い浮かべ、レナートはとても温かい気持ちで仕事を再開させるのだった。


　――この後、ちょっとした悲劇が起こることはまだ誰も知らない。

レナートのムーロ王国訪問

「いやあ、やっぱりこの隊列にして正解でした」

相変わらず向かいの席の端に座っているライモンドが、ご機嫌な様子で窓の外を見ながら言った。

マリーアたちがムーロ王国へ向けて出発して三日目。ナヴァーロ村での休憩を終え、もうすぐ国境を越えるところだ。先発隊が道程に異常がないかを確認しながら進み、その後にマリーアたちの乗った王家の馬車が二輛《りょう》。その後ろをまた後続隊が守っている。総勢三十名の騎士が守る王家の馬車に近寄る賊などいるはずもなく、旅は至って順調だった。後方の馬車には、文官が二人乗っている。マリーアとレナートの婚約手続きを見届けるためについて来たのだ。

窓を過ぎる景色が、人里を離れるにつれ色とりどりに変わっていく。前回通った時には青々としていた木々も既に紅葉し始めていた。

馬車と並走している騎士が、ライモンドの側の窓を叩いた。

「先発隊からの報告です。国境付近で、屈強な兵士たちが我々を待ち受けているようだと」

「まさか殿下を狙って他国の者が……」

ライモンドが眉をひそめる。

「あの、すみません。多分それ、うちの迎えの者たちです……」

マリーアが小さく手を挙げておそるおそる言うと、ライモンドが瞬いた後に人差し指で眼鏡を上げた。

「……そういうことのようなので、先発隊に伝えておくように」

「ははは、ミミの家から迎えが来てくれているのか。それは心強いな」

旅の疲れをひとかけらも見せる様子のないレナートは、マリーアの隣で優雅に足を組んでほほ笑んでいた。マリーアが思わず見とれていると、ライモンドが大きめの咳払いをした。

「すみません。多分、王太子殿下がいらっしゃるから、気合を入れて強そうなのを揃えたんだと思います。アイーダを迎えに来る時は、見栄えの良い弟子たちを揃えるんですけど」

「アイーダ嬢はそんなに頻繁にムーロ王国に行っているのか」

「アイーダは以前、喘息ぎみだったので、空気の良いところで体調を整えるために毎年夏季休暇は我が家で過ごしていました。今はもう良くなったはずです」

「そうだったのか。知らなかった」

レナートが少しだけ目を見開いた。以前まで彼はアイーダを徹底的に避けていたので、幼馴染とはいえ本当に知らなかったのだろう。

「……子供の頃は、アイーダ嬢もミミのように元気な令嬢だった」

「え！　そうなのですか？　アイーダと会ったのは十二歳の時ですが、その時にはもう今のようなお淑やかな令嬢でした」

「ふむ、八歳くらいまでは、確か庭の木に登ってプラチドに栗をぶつけていたような気がする」

「栗を!?」

気配を消していたライモンドが思わず声を上げた。

「今や王国一の淑女と名高いアイーダが……。それなら私も今から頑張ればアイーダのような淑女になれるかもしれないわ」

「いや、無理でしょ……」

「何でですか！　失礼だわ、ライモンド様！」

心の声に返事をしたライモンドにマリーアが詰め寄り、お前たちは本当に仲が良いな、とレナートが焼きもちを焼いたところで、迎えに来たゴッフレードたちと合流した。

その後、国境付近で一番豪華な宿に一泊して、次の日の昼に一行は何事もなくアンノヴァッツィ公爵家へ到着したのだった。


砦《とりで》の入り口のような大仰な門をくぐると、国中から集まったのだろう、数百名の弟子たちが整列してマリーアたちを出迎えた。あまりの物々しさに座席から落ちそうになったマリーアを受け止めたレナートが、まるで凱旋だな、と笑った。先に降りたレナートの手を借りて馬車を降りるマリーアが恥ずかしそうにしているのを見て、弟子たちが皆涙ぐんでいる。

「ようこそおいでくださいました。遠方からご足労くださいましたことを心から感謝いたします」

周囲に響き渡る低音が聞こえ、玄関に目を向けると正装したアンノヴァッツィ公爵が立っていた。

その後ろには、公爵夫人と姉が並び、一様に恭しく頭を下げている。

「こちらこそ、手厚い歓迎痛み入ります」

レナートが胸に手をあてて礼を言うと、初めて聞く美しい王太子の声に皆が息を呑んだ。

「騎士の皆も疲れたであろう。宿舎は準備してある。殿下の護衛は我々が請け負うので、ゆっくり休んでほしい。ゴッフレード、案内して差し上げろ」

公爵の声に頷いたゴッフレードが、レナートの騎士たちを弟子の宿舎に連れて行く。滞在中は弟子たちが騎士をもてなす手筈になっている。その中でも、マリーアの武術の訓練に興味を示した騎士五人が、このままここに残り三ヶ月ほど修行する予定だ。うまく行けば、この交流はこのまま続けられることになるらしい。

公爵に促され玄関の扉をくぐったマリーアたちは、廊下を走って来る影に足を止めた。

「テオ？」

新調したばかりであろう正装をした弟のテオドリーコが、笑顔で駆け寄ってくる。そして、彼らの前まで来ると、走って来た勢いのままにその場に片膝をつき、後ろ手に隠していた一輪の赤い薔《ば》薇《ら》を差し出した。

「……え？　私に？」

テオドリーコはキリッとした表情でまっすぐにレナートを見つめている。さすがのレナートもきょとんとしていた。

「アンノヴァアッツィこーしゃく家、長男のテオドリーコです！　初めまして！　おーたいし殿下、お会いできてこーえいです！」

練習通りに挨拶できたことに安心したのだろう、テオドリーコは子供らしい笑顔を見せた。その愛らしさに目を細めたレナートは、すっと上着の裾をさばくと、テオドリーコと同じようにその場で片膝をついて薔薇を受け取る。ライモンドが驚いて一歩後ろにたじろいだ。

「ありがとう。こんな熱烈な歓迎は初めてだ。どうぞよろしく、テオドリーコ。私のことはレナートと呼ぶといい」

「はい！　レナート様！」

まるで王子様のような天使と、天使のような王子様が、互いに片膝をつき胸に手をあて薔薇の花を受け渡す姿はまさに眼福だった。まばゆい後光の射す光景に、侍女たちがぱたりぱたりと気を失って倒れていく。

立ち上がったテオドリーコはレナートとライモンドの間に立ち、二人の手を握った。

「では、僕がお客様をお部屋にご案内します」

そう言って、背の高い二人とぶら下がるようにして手をつないだテオドリーコはどんどん先へ歩いて行く。戸惑いつつも嬉しそうなレナートと、空いた片手で赤くなった顔を隠しながら引っ張られてゆくライモンド。二人の後ろを慌ててついていったマリーアは、どういうことだ、と姉たちを振り返ったが、全員が揃って首を振っていた。

「扉よ、開け！」

「!?」

テオドリーコが応接間の扉の前で叫ぶと、一瞬の間を置いて、扉がゆっくりと開いた。困惑するレナートとライモンドを上座の席に案内したテオドリーコは、くるりと振り返り、やっとマリーアのもとへやってきた。

「ミミ姉様、お帰りなさい」

「ただいま、テオ。お客様をきちんと案内できて、偉いわね」

「うん、僕、えらかったよ」

ぎゅうと抱きついてくるテオドリーコがとても可愛い。マリーアは思う存分頬ずりをしていると、レナートと目が合った。

「小さな弟とはかわいいものだな」

「プラチド殿下の子供の頃だって可愛かったでしょう」

「プラチドが子供の頃は、私も子供だった」

「そうだった」

マリーアがレナートの隣に腰掛けると、彼女の膝から下りたテオドリーコはなぜかライモンドの隣にぴったりと寄り添うように座り、再びライモンドを戸惑わせている。

公爵と夫人が向かいのソファに腰掛け、姉たちが窓側の席に着くと、侍女たちが手際よく紅茶を用意した。

「子供の感性ってわからないわ。眼鏡がめずらしいのかしら」

「とても子供に懐かれるタイプには見えないわよ」

「わりと見た目が良いのに、レナート殿下の隣にいるからかすんで見えるわ。損するタイプね」

「ああ、そういう不憫《ふびん》さにテオは同情しているのかもしれないわね」

「……心の声が聞こえるのは姉妹そろってなんですね」

姉たちの大きな小声にライモンドが肩を落とした。ちょうどそこに、執事に先導されたバルトロメイが部屋に入って来て、全員が立ち上がる。

「やあ、間に合って良かった。レナート殿下、ようこそムーロ王国へ。本日はマリーア嬢との婚約手続きに立ち会わせてもらいますね」

珍しく正装をしたバルトロメイが少しだけ首を傾げてほほ笑んだ。その気安い様子にレナートの肩の力が抜けた。

「ありがとう、バルトロメイ殿下。宜しくお願いいたします」

「こちらこそ！　義理とは言え兄弟になれて光栄だよ。で、君は、えっと、どうしたの？」

バルトロメイが、テオドリーコを抱いたまま礼をしているライモンドに笑顔を向けた。

「レナート殿下の側仕《そばづか》えのライモンド・チガータと申します」

「よろしく。テオがずいぶんと懐いているね」

「はあ、私もよくわからないのですが」

「将を射んと欲すれば先《ま》ず馬を射よ、ってことかな」

「えっ？」

「そんなわけないか、ははは、何でもないよ」

バルトロメイがやってきたことにより婚約の手続きはスムーズに進み、最後にマリーアの署名を終え、文官がゆっくりと慇懃《いんぎん》なそぶりで書類を仕舞った。

思わずマリーアが大きく息をつくと、レナート以外の全員がつられて同じように息を吐いた。レナートだけは今日一番の美しい笑顔を見せている。

皆が思い思いに歓談を始めた頃、レナートが目をキラキラさせて顔を上げた。

「バルトロメイ殿下、今日は……ロバで？」

「ええ。途中でロバが草を食《は》み始めてしまってあやうく遅刻するところでした」

「!!」

そわそわするレナートに少しだけ目を見開いて驚いたバルトロメイが嬉しそうに笑う。

「あとで見に行きますか」

「是非」

こくこくと何度も頷くレナートにバルトロメイは優しい眼差しを向け、殿下とは後で二人で話してみたいな、と言い残し、ニーナの隣へ戻って行った。

「ルビーニ王国とはそんなに違いますか？」

歓談もある程度落ち着き、父の一声により夕食まで解散となった。ライモンドと文官をそれぞれの客室へ案内した後、マリーアはレナートの部屋にいた。この屋敷では一番豪華な客室だが、ルビーニ王国の王城に比べたらかなり質素な造りだ。しかし、レナートはムーロ王国独特の装飾の施された飾り柱を興味深そうに眺めている。

「こういった部分で異国に来たと実感するね」

「うちの庭はムーロ王国にしかない木を植えていますよ」

マリーアが掃き出し窓を開けると、先にベランダへ出たレナートが手を差し伸べてくれた。そっと手を載せると、彼はしっかりと手を握りかえした。

「ああ、本当だ。あちらではなかなか見かけない木だ。心なしか、空気も違うように感じるな。少しカラッと乾燥していて過ごしやすいような……ミミ？　どうした？」

「はっ！　いえ！　な、何も！」

ベランダの手すりに手をかけたレナートの横顔に見とれていたマリーアが、片手で口を塞いだ。みるみるうちに真っ赤になる彼女の顔を見れば、口に出さなくたって何を考えていたのかすぐにわかってしまう。前髪を揺らす穏やかな風に頬を冷やしたマリーアがおそるおそる口を開いた。

「殿下がうちにいるなんて、何だかまだ夢のようで」

「レナート」

「はっ」

「二人の時は名前で呼ぶ、と約束したはずだが」

「そそそうでしたね、レナート」

恥ずかしそうに目を逸らすマリーアにレナートが再びくすりと笑う。

ウーゴの屋敷に潜入した際にうっかり言ってしまった、何でもする、という約束にマリーアは戦々恐々としていたが、結局レナートを名前で呼ぶよう命じられただけだった。その程度のことで済んで良かったと初めは思っていたが、こうして改めて言われるとひどく不敬な気もするし、何より妙に恥ずかしい。だから、二人だけの時、と条件をつけさせてもらったのだ。

「ミミ、婚約を急かしてしまってすまない。私の婚約がまとまらないと、プラチドたちの結婚式の予定が立てられないのだそうだ」

「いいえ！　私も私の家族もみーんな、喜んでます！」

「そうか」

レナートはそう言い、握っていたマリーアの手を軽く持ち上げた。

「あの時、あなたの手を取って良かった」

「あの時？」

「そう、王立学園の中庭で。ミミの手を取らなければ、今私はこうしてここにいるどころか、どこかへ幽閉されていたかもしれない。ライモンドも今の立場ではいられなかっただろう。貴族たちの派閥も大きく変わり、国は混乱していただろう」

マリーアが瞬くと、レナートは彼女の方へゆっくりと一歩近づいた。レナートの空色の瞳に映ったマリーアが、ぽかんと口を開けている。さっきまで聞こえていたはずの木の葉が擦れる音、飛んで行く鳥の声はもうない。マリーアの耳にはもうレナートの声しか届かなかった。

「私があの時ミミを選んだのは、間違いではなかった」

レナートがマリーアを抱き寄せようと、そっと手を伸ばした。

「ミミ」

「レナート様ぁっ！」

ぎゅうっ。

「……」

「……テオ……」

行き場を無くしてさまようマリーアの両手の先で、テオドリーコがレナートに抱きついていた。レナートもびっくりした顔をしているが、落とさないようにしっかりとテオドリーコを受け止めていた。マリーアが首だけ振り返って見れば、部屋の中でライモンドが申し訳なさそうに手を合わせている。

「……決して邪魔するつもりではなかったんです……テオドリーコ様が殿下の部屋に遊びに行くと

おっしゃったので……」

じとりと睨むマリーアの視線に怯んだライモンドが更に頭を下げた。

「レナート様、遊ぼう」

「ああ、いいよ。私はあまり子供の遊びを知らないのだが、教えてくれるかな？」

「うん！　教えてあげる！」

レナートの腕の中でテオドリーコが「レナート様大好き」とはしゃいで手足をばたつかせた。

「テオ、それ……私のセリフ……」

マリーアはため息をついて、天を仰いだ。


晩餐のメインは牛の丸焼きだった。屋敷に着いた時から何かにおうな、とは思っていたが、昼から六時間ほどかけて数頭の牛を焼いていたらしい。数百人の弟子とレナートの騎士たちの食事を用意することを考えたら、そうするのが手っ取り早かったのだろう。

レナートたちは天幕を張った大きなテラスに用意された席にいたが、弟子や騎士たちは見渡す限りの広い庭で思い思いに食事をとったり、グループを作ってボールを使ったゲームを始めたりしていた。遠くから聞こえてくる笑い声や歓声にレナートはつい表情が緩んでしまいそうになった。マリーアの両親や姉たちの手前、きりりと王太子の顔を作ってはいたが、いつもは毅然とした態度で接してくる護衛騎士たちが羽を伸ばす姿には相好を崩さざるを得なかった。

レナートとライモンドの皿には付け合わせの彩り豊かな野菜や手間をかけて作ったであろう澄んだスープも添えられていたが、毒見済みの料理しか食べたことのないレナートは、焼きたての熱い肉を食べるのは初めてだった。しかも、これほど大勢の人々の笑い声を聞きながら肩の力の抜けた食事というものがこんなにも楽しいとは知らなかった。

「私も牛を見てきていいだろうか」

レナートがそう言うと、膝にテオドリーコをのせて肉を食べさせていたマリーアがすぐに立ち上がろうとした。

「ああ、いいよ。あなたはここにいるといい。見てくるだけだから」

公爵と国の軍備の話をしているライモンドに軽く手を上げ、レナートはひとり、牛の丸焼きの様子を見るために歩き出した。ぶら下げられた牛の周りでは、エプロンをしたマリーアの姉たちが包丁片手に忙しそうに走り回っている。

牛の解体はどのように進めるのだろう。好奇心でいっぱいのレナートが足を進めると、傍らの木々の後方で何か大きな物が動いていた。立ち止まりそちらを向けば、茶色の塊がゆっくりと移動している。

ロバだ。

バルトロメイの乗ってきたロバだろうか。牛も気になるが、ロバも気になる。レナートはロバを近くで見たことがなかった。見とれていたのも束《つか》の間、ようく見るとロバは口元に何かを咥《くわ》えてひきずっている。ロバの足元に視線を移せば、細長い布袋のようなものが転がっている。いったい何を……。

「バルトロメイ殿下?!」

引きずられているのがぐったりとしたバルトロメイだと気付いた瞬間、レナートは駆け出した。ロバはゆっくりと体の向きを変えて屋敷の裏へ入っていく。後を追えば、そこには花壇に囲まれた小さな庭があった。季節柄あまり咲いてはいないが、きっと盛りの頃にはたくさんの花に囲まれた華やかな庭であろう。置いてあるテーブルセットも華奢な造りの可愛らしいものだった。どこを見ても無骨な印象だったアンノヴァッツィ公爵家の、唯一女性らしい風景に見とれていたレナートは、ベンチの前で肩についた土をはらっているバルトロメイに気付いた。

「バルトロメイ殿下、大丈夫ですか」

「やあ、やっと見つけてくれたね。レナート殿下ならきっと追いかけてくれると思ってたよ」

この国の王太子がロバに引きずられていたら、そりゃあとりあえず追いかけるだろう。バルトロメイに促されるままに、戸惑いつつもレナートはベンチに座った。

「ロバに襲われたのかと思いました」

ロバは落ち着いた様子で足元の草を食んでいたが、飽きたのか大きな木の根元に足を折りたたんでどっさりと座り込んでしまった。

「二人きりで話してみたかったんだ」

「あんなことしなくても、話す時間くらい作りますが」

「二人きりで、って言ったってぞろぞろついてきちゃうでしょ、僕らって。きっとここだって、今に誰かが見つけて追いかけてくる」

「確かにそうですね」

「だから、今は国とか立場とか関係なく、義兄弟として話したい」

レナートが訝し気に頷くと、バルトロメイはぱっと笑顔に戻った。

「今までさほど興味のなかったムーロ王国に初訪問してどう？」

砕けた口調ではあるがずけずけと尋ねてくるバルトロメイに、レナートは少しだけ好感を持った。腹の探り合いは正直面倒だし時間の無駄だと常々思っていたのだ。

「確かに面積で言えば小国ではありますが、非常に豊かな国ですね。実際に街並みや市井の民を見てみたら、知識として知っていた書類上の数字とはまた違った豊かさがある。道路は整備され治安も良い。これだけ楽に国に入ることができれば輸出入もしやすいでしょう」

「ほほう」

「アンノヴァッツィ公爵家しか見ていないが、実に自然が多い。家畜を放し飼いにしているからかと思ったがそれだけもなさそうだ。林は防風林となり、山を崩さないことは水害対策にもなる。災害が少ない国だと思っていたが、気候だけのせいではなかったようです。参考になる部分が多々あるので、国へ帰ったら早急に各担当者を視察に寄こしたいと思います。許可を頂けるだろうか」

「へぇえ。別にいいよ」

バルトロメイが膝についていた頬杖をやめ、伸びをするように背もたれに深く背を預けた。

「やっぱりレナート殿下は真面目だよねえ」

「え」

「ミミちゃんが育った国かと思ったらどこもかしこも素敵！　良い国！　大好き！　って言ってくれるかと思った」

「……それは、ご期待に沿えず……」

「いや。ミミちゃん強ーい、おもしろーい、ってだけで結婚するわけじゃなさそうで安心した」

「はあ」

今後の両国の付き合いに関わる話かと思ったのだが。肩の力をすとんと落としたレナートは、足を組みかえ居心地悪そうに座り直した。確かにそうだ、バルトロメイは義兄弟として話したいと言っていたな。

「もちろん国の大きさは違うんだけど、僕たちってさあ、生まれた時から国の王子でしょ。しかも長男。裕福ではあるけれど、いろいろと制限ばかりだし、自由なんてほとんどないし、何ひとつ自分一人で決めることはできないし」

拗ねたように口を尖らせて話すバルトロメイを、レナートはどんな表情で見たらいいのかわからなかった。

「同じ王太子として、そして、義兄《あに》として、これだけは言っておきたいことがあるんだ」

「はい」

レナートが素直に頷くと、バルトロメイはキリッと眉に力を入れ振り向いた。

「アンノヴァッツィ家の娘は超面白い」

「は？」

レナートが眉をひそめると、バルトロメイは立ち上がり両腕を広げてくるりと回った。

「毎日毎日、うちのニーナはすごく面白い。誰も想像のつかないことをやってのける天才なんだ。あの姉妹の中で、ミミちゃんが一番の奇想天外だからね。きっとこれから毎日、超面白くなるよ」

月明かりだけの薄暗い庭。木々を揺らす秋の風。足元に伸びる、バルトロメイの影。

レナートは腕を持ち上げ、堪えても緩んでしまう自分の口元を隠した。

「…………私には弟しかいないので知りませんでしたが……兄って、良いものですね……」

感極まった様子のレナートの声に、バルトロメイが嬉しそうに笑った。

「ああ、見つかってしまったようだ」

バルトロメイはそう言い、上着の裾を整えた。すぐにマリーアとライモンドが姿を見せる。

「殿下！　姿が見えなくなって心配しました」

「バルトロメイ様と一緒にいたんですね」

立ち上がったレナートは、ほっとした様子のマリーアの頬を撫でた。

「ああ、ロバを見せてもらっていたんだ」

「こんな人気のないところでですか？」

マリーアが睨むと、バルトロメイが肩をすくめた。

「大丈夫だよ。アンノヴァアッツィ公爵家は、うちの王城よりも安全だ」

「確かに、うちに忍び込むような人はいないですけど……」

バルトロメイの引いてきたロバの頭を撫でているレナートを見て、マリーアは口を閉じた。レナートが楽しかったのならそれでいいか。

「戻ろうか、お肉がなくなっちゃうね」

バルトロメイがロバを連れて歩き出した。どうしてあんなに背中が土だらけなのかしら？　と首を傾げるマリーアに腕を引かれながら、レナートは軽い足取りで歩き出した。


明くる朝、レナートはマリーアが弟子に交じって参加する朝の練習を見学していた。

一緒に付いて来ようとしてたライモンドは、テオドリーコに手を引かれてどこかへ行ってしまった。屋敷で働く下働きの使用人でさえ戦うことのできるこのアンノヴァアッツィ公爵家の敷地内にいる限り、レナートは護衛を付けずに歩くことができる。久しぶりの、いや、もしかしたら初めてかもしれない独り歩きをレナートは楽しんでいた。

マリーアは元気に弟子たちを投げ飛ばしている。体の大きな男を回し蹴りでぶっ飛ばした時には、思わず拍手してしまった。もっと見ていたかったが、練習はそろそろ終わってしまうようだった。気付かれないように立ち上がり、来た道を戻った。

「殿下、帰り支度は整いました。昼頃の出発の予定です」

廊下で出会ったライモンドは、慣れた手付きで片手にテオドリーコを抱えていた。

「そうか、ありがとう」

「もっとゆっくりしていきたいのはやまやまですが、仕事を押し付けてきたプラチド殿下がそろそろ音を上げる頃です」

ライモンドは名残惜しそうにテオドリーコの頬をぷにぷにとつついている。

「ずいぶんと仲良くなったものだな」

「ええ、妹の小さな頃を思い出します。妹も今はもう十二歳です。あっという間ですね」

「そうか。まだ幼い頃にしか会ったことはないな」

「ええ、殿下には会わせないようにしてますので」

「なぜだ」

「妹は王子様に憧れる年齢ですので、目の前で廊下の角を曲がりきれなくて壁にぶつかったりしてほしくないのです」

「それは、考え事をしていたからだろう」

「ぶつかったという事実はなくなりません。大丈夫です、殿下はどんくさい以外は非常に優秀な王太子ですから」

ぐっと黙ったレナートは、額に手をあてため息を吐《つ》いている。視線を上げると、じっと見上げてくるテオドリーコと目が合った。ライモンドがしていたように、頬をぷにぷにとつまんでみる。

「テオドリーコ、義兄は私だよ。こんないじわるなライモンドのどこがいいんだ」

菫色の瞳をきょとんと見開いたテオドリーコは、レナートをまっすぐに見つめている。

「だって、レナート様にはミミ姉様がいるけど、ライモンド様には奥さんがいなくてひとりでかわいそうでしょ。だから、僕がいっしょにいてあげるんだよ」

ライモンドの眼鏡がずるりと鼻から落ちた。

「……殿下、笑い過ぎです」

「いや、私の義弟が、優しくて、可愛い」

手で顔を覆っているレナートの肩がぶるぶると震えている。ありがとうございます、とライモンドは苦笑いしながらテオドリーコをぎゅうと抱きしめ直した。

「そうだな、私にはミミがいるからな」

確認するようにひとり呟いた。

――きっとこれから毎日、超面白くなるよ。

バルトロメイの言葉を思い出す。そろそろミミの着替えは終わった頃かな。愛しい婚約者の姿を捜して、レナートはのんびりと歩き始めた。

あとがき

はじめまして、ももよ万葉です。

この度は「逃がした魚は大きかったが釣りあげた魚が大きすぎた件」をお手に取っていただきありがとうございます。

私はわりと本はあとがきから読むタイプです。それを踏まえまして、なるべくネタバレしないように拙作の紹介にチャレンジしようと思います。


このお話はもともとは短編でした。

言われたらすぐに言い返す、助けを待たずに自分で何とかする。人は誰しもためらったり悩んだり気後れをしたりするものですが、主人公ミミはそういったまどろこしいことはしません。その時に一番最善だと思ったことをします。迷わずに、躊躇《ちゅうちょ》なく。この後どうなってしまうのだろう、なんて思わせる暇もなく、まっ先にミミは走り出します。

読後スッキリ、それを目指して書きました。

とはいえ、こんな令嬢は受け入れられるだろうか。こんな女の子ありえない、と拒絶されてしまうのではないか。小説家になろう様に掲載後はそう心配していました。ありがたいことにミミには好意的な感想が多くホッとしたのを覚えています。

さらには、続きが読みたい、という感想をいただき、次はどんな話を書こうかと思っていた私は「オッケー、続きね。書けるよ！」という軽い気持ちで続編に取りかかりました。その時には、まさかこうして出版されることになるとは露程《つゆ》も思ってもいなかったのです。

また、「逃がした魚は大きかったが釣りあげた魚が大きすぎた件」というタイトルについてですが、いったい何が（誰が）逃がした魚で、何を（誰を）釣りあげたのか、という質問も何度かいただきました。

この妙に長くて意味がわかりそうでわからないタイトルは、ふと頭に浮かんだ言葉遊びのようなものをノートに書き留めたものでした。それがタイトルなのか、それとも作中で使うフレーズなのかすらも決まっていない、まさに降って湧いたとしか言いようのないただの言葉の連なりでした。

それが、短編を書いているうちに、まさにこのお話にぴったりなのではないか、ときゅぴ――んとひらめいたのです。

「誰が」「何を（誰を）」逃がし、「誰が」「何を（誰を）」釣りあげたのかは、私は特に決めていません。「誰が」「何を（誰を）」の部分には何が入ると思いますか？　当てはめてみてしっくりくるもの、きっとそれが正解です。

人によって解釈が違う、ある意味丸投げ。

そういうのも楽しみ方のひとつだと、私は思います。


あっ、まだ数行残っている。あとがきってむずかしいですね。先達の方々はどんなことを書いているのか、その謎を探るべく本棚の奥地へと向かいましょうか。それとも、小説家に大切な三つの袋の話をしましょうか。

こんなことを言っているうちにお時間のようです。


最後に謝辞を。

まずは三登いつき様。実際にこの世界に行って見てきたのですか？　という程ぴったりな素晴らしいイラストをありがとうございました。そして、髪につけるナックルだなんてとんでもない凶器のデザインをさせてしまい、申し訳ない気持ちでいっぱいです。最高に可愛くてとても痛そうなナックル、最強です。

担当様。私を見つけてくださってありがとうございました。世界一の褒め上手。こんなにも楽しいことに誘ってくださって、本当に感謝しています。

この本を作るにあたって、携わっていただいたたくさんの方。心より感謝申し上げます。

短編の続きを、と言ってくださった方。あなたの声がなければこの本はありませんでした。たくさんの感想・応援をいただいた読者の皆様。コメディにはやはり面白い感想を書く方が集まるのだな、と思いました。私も負けないように面白い返信をがんばりますので、これからもよろしくお願いします。

そして、この本を手に取っていただいた皆様。最後までお付き合いいただきありがとうございました。

つらいときには、お腹いっぱい食べてよく眠ってください。ミミのように明るく健康で元気な毎日が皆様に訪れますように。

担当さんからの
リクエスト
シャツ開け
ウェストコートの
レナート

あとがき

イラスト担当の三登です！
『逃がした魚〜』はミミという、明るく元気な女の子が
主人公ということで、私自身 いち読者として
その裏表のない素直さに
沢山笑顔にさせてもらいました。

今回 イラストを描かせて頂くことになり
楽しみに胸を躍らせながらも
『数え歌やすり足のシーンの挿絵注文が来たら
どんな風に描こうかなぁ…!?』と
色々と身構えていたりしました。笑

結果、可愛いミミのシーンを
沢山描かせて頂けて
嬉しかったです！

このキラキラとワクワクが詰まった
素敵な物語を書いてくださった、ももよ万葉先生、
イラストに沢山のアドバイスや感想をくださった担当さん、
そして最後のこのページまで読んでくださった読者のあなた、

本当に有難うございました！

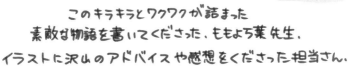

悪役令嬢は
溺愛ルートに入りました!?

GC UP!
毎月7日発売
悪役令嬢は溺愛ルートに入りました!?
原作：十夜・宵マチ 作画：さくまれん
構成：汐乃シオリ
失格紋の最強賢者
～世界最強の賢者が更に強くなるために転生しました～
原作：進行諸島 漫画：肝匠&馮昊
(GAノベル/SBクリエイティブ刊) (Friendly Land)
キャラクター原案：風花風花
神達に拾われた男
原作：Roy 漫画：蘭々
キャラクター原案：りりんら
転生賢者の異世界ライフ
～第二の職業を得て、世界最強になりました～
原作：進行諸島 漫画：彭傑
(GAノベル/SBクリエイティブ刊) (Friendly Land)
キャラクター原案：風花風花
お隣の天使様にいつの間にか駄目人間にされていた件
原作：佐伯さん 原作イラスト：はねこと
(GA文庫/SBクリエイティブ刊)
作画：芝田わん 構成：優木すず
ここは俺に任せて先に行けと言ってから10年がたったら伝説になっていた。
原作：えぞぎんぎつね 漫画：阿倍野ちゃこ
(GAノベル/SBクリエイティブ刊)
ネーム構成：天王寺きつね キャラクター原案：DeeCHA
勇者パーティーを追放されたビーストテイマー、最強種の猫耳少女と出会う
原作：深山鈴 漫画：茂村モト
マンガUP! 毎日更新
●「攻略本」を駆使する最強の魔法使い
●おっさん冒険者ケインの善行
●魔王学院の不適合者
●二度転生した少年はSランク冒険者として平穏に過ごす ～前世が賢者で英雄だったボクは来世では地味に生きる～
●異世界賢者の転生無双 ～ゲームの知識で異世界最強～
●冒険者ライセンスを剥奪されたおっさんだけど、愛娘ができたのでのんびり人生を謳歌する
●落第賢者の学院無双 ～二度目の転生、Sランクチート魔術師冒険録～ 他
©Roy ©Saekisan/SB Creative Corp. ©Shinkoshoto/SB Creative Corp.
©Suzu Miyama ©Ezogingitune/SB Creative Corp.

SQEXノベル

逃がした魚は大きかったが
釣りあげた魚が大きすぎた件

著者
ももよ万葉

イラストレーター
三登いつき

2021年 8 月 6 日　初版発行
2023年10月16日　2刷発行

発行人
松浦克義

発行所
株式会社スクウェア・エニックス
〒160−8430
東京都新宿区新宿6−27−30　新宿イーストサイドスクエア
（お問い合わせ）スクウェア・エニックス　サポートセンター
https://sqex.to/PUB

印刷所
図書印刷株式会社

担当編集
大友摩希子

装幀
冨永尚弘（木村デザイン・ラボ）

ISBN978-4-7575-7412-0 C0093　Printed in Japan